KB215525

이상하고
아름다운
나의 사춘기

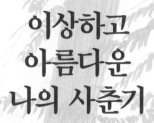

이상하고
아름다운
나의 사춘기

오늘의 고민이
내일은 길이 될 거야

탁경은 에세이

특별한서재

차
례

1장 /
질문 있습니다!

2장 /

청춘에게 말하다

"남과 비교할 시간에
내가 지금 할 수 있는 것을 해야 합니다.
그것만이 우리를 구원하고
변화시킬 수 있을 테니까요."

1장

질문 있습니다!

꿈이냐, 돈이냐.
그것이 문제로다

Q. 현실적 조건 때문에 꿈을 이루기 힘들 때 꿈을 포기하고 다른 선택을 하는 게 현명한 일일까요?

A. 꿈이냐 돈이냐, 그것이 문제이군요. 친구들이 자주 묻는 질문 베스트 3위 안에 이 고민이 있을 거라고 생각해요. 많은 친구들이 묻고 싶을 겁니다. 현실적인 조건 때문에 꿈을 이루기 힘들 때 꿈을 포기하고 다른 선택(안정적인 직업)을 하는 게 좋을지, 아니면 뚝심 있게 꿈을 추구하는 게 좋을지. 저 또한 오랜 시간 고민한 질문이에요.

세상 사람들을 이렇게 나눠 보면 어떨까요?

ㄱ) 자신이 좋아하는 일을 하면서 돈도 많이 번다.

ㄴ) 자신이 좋아하는 일을 하지만 돈은 별로 못 번다.

ㄷ) 자신이 좋아하지 않는 일을 하지만 돈은 잘 번다.

ㄹ) 자신이 좋아하지 않는 일을 하면서 돈도 별로 못 번다.

당연히 우리는 ㄱ)에 속하는 사람이 되고 싶죠. 내가 좋아하는 일을 하고 그 대가로 큰돈까지 벌 수 있다면 사람들이 엄청 부러워하겠죠. 그런데 문제는, (이미 짐작했겠지만) ㄱ)에 속하는 사람이 많지 않다는 겁니다.

자신이 하고 싶은 일을 하면서 매달 꼬박꼬박 돈이 들어온다면 바랄 게 없겠죠. 문제는 그렇지 않은 경우가 꽤 많다는 겁니다. 알고 보니 하고 싶은 일이 돈이 안 되는 일이라는 걸 깨달을 수도 있고요. 돈은 잘 버는데 막상 하고 보니 그 일이 자신이 생각하던 일이 아니거나 자신과 맞지 않을 수도 있습니다. 아무리 돈을 못 벌어도 하고 싶은 일을 하겠다는 의지가 가득한데, 부모님이 갑자기 실직을 하시거나 편찮아지셔서 내가 돈을 벌어야 하는 상황이 생길 수도 있습니다. 산다는 일이 이토록 복잡하고 미묘합니다.

결국 우리는 선택을 해야 해요. 선택지들이 그다지 마음에 들지 않고 잘 납득이 가지 않을 때도 우리는 선택을 해야 합니다. ㄱ)의 경우에 해당하는 운 좋은 사람들을 제외하고 ㄴ)과 ㄷ) 중에 선택을 해야 한다면, 여러분은 어떤 선택을 할 건가요?

먼저 ㄷ)의 경우를 볼까요? 좋아하지 않는 일이지만 돈을 보고 일을 하는 경우죠. 상사가 재수 없고, 일이 빡세고, 매일 야근이 이어지지만 그만둘 수 없습니다. 돈을 벌어야 하니까요. 매일 그만두고 싶다는 말이 목구멍 아래까지 치솟지만 참아야 합니다. 어차피 월급만 받으면 그만이니 설렁설렁 대충 일을 하고 싶지만 또 그러면 잘릴까 봐 걱정이 밀려오죠. 물론, 스트레스를 많이 받지 않고 적당히 만족하며 일을 하는 경우도 있을 겁니다.

돈을 벌기 위해서는 열심히 일해야 합니다. 좋아하지 않는 일이어도 최선을 다해야 합니다. 돈을 번다는 일은 그렇거든요. 직장에서는 칭찬받고 싶다는 생각은 깨끗이 비우고 욕을 안 먹기 위해 애쓰는 것부터 해야 합니다. 기본적인 것들을 잘 지키는 건 당연하고요. 시간과 약속을 지키고 내게 주어진 일을 성실히 해내는 자세를 보여 줘야 합니다. 그 과정에서 마땅히 해야 하는 일을 '내 일'이라고 생각하고 최선을 다해야 합니다. 불평불만이 쏟아져 나오지만 이런 일이라도 할 수 있다는 것에 감사해야 합니다. 부당한 일이 생겨 그만둘 때 그만두더라도 그만 두기 전까지는 '내 일'인 겁니다. 또한 내가 지금 하고 있는 일을 간절히 원하는 사람들이 있다는 사실도 잊어선 안 됩니다.

ㄴ)의 경우를 볼까요? 하고 싶은 일이 있는데 돈을 많이 벌 수 없을 때, 좋아하는 일이 있긴 한데 그게 돈벌이가 영 안 될 때는 어떻게 해야 할까요? 아르바이트를 하며 돈을 벌고, 동시에 소비 규모를 줄여야 합니다. 남들보다 아껴 쓰고 절약해서 사는 겁니다. 내가 하고 싶은 일을 즐겁게 하는 자유가 있다면 그만큼 검소하게 살아야 하지 않을까요?

검소하게 사는 것이 힘들다고요? 돈을 포기할 수 없다고요? 그렇다면 돈을 벌면 됩니다. 좋아하지 않는 일로 돈을 버는 일이 쉽지 않겠지만 돈을 위해서 참고 버텨야죠. 내 생활비를 스스로 버는 경제적 자립이야말로 어른이 되는 가장 중요한 요소 중 하나입니다.

제가 요즘 내린 결론은 이렇습니다. 일단 잘하는 일을 한다.

잘하는 일로 돈을 벌면서 좋아하는 일을 손에서 놓지 않는다.

그러다가 좋아하는 일에서 조금이라도 성과를 얻게 되면 차츰 좋아하는 일을 하는 시간을 늘린다.

그러다가 좋아하는 일로 밥벌이를 할 수 있게 되면 잘하는 일을 정리한다.

저도 작가가 되기 전 꾸준히 아르바이트를 했습니다. 글을 쓰는 일을 좋아했지만 잘하는 일은 아니었던 거죠. 그렇게 10년 넘게 아르바이트로 생계를 해결하면서 계속 글을 썼습니다. 때로는 글 쓰는 시간을 확보하기 위해 일을 대폭 줄이기도 했어요. 그러기 위해 씀씀이를 줄이고 검소하게 사는 생활 습관을 만들었죠.

앞으로 인류는 100세 시대를 넘어 120세, 혹은 150세까지 살 거라는 예측이 있습니다. 그때까지 하나의 직업으로 삶을 버티는 건 불가능하죠. 그러니 내가 잘하는 일도 해 보고 내가 좋아하는 일도 해 보면 어떨까요. 어차피 평생 서너 개의 직업을 가져야 한다면 말이죠. 게다가 직업에 대한 틀이 빠르게 무너지고 있어요. 'N잡러'라는 단어를 들어 본 적 있나요? 한 사람이 여러 개의 직업을 동시에 갖는 걸 뜻하는 말이에요. 방송에 나온 한 N잡러를 보니까 그 사람은 성우이면서 아나운서, 스피치 강사, 댄스 강사였어요. 한 사람이 꼭 한 번에 하나의 직업을 가져야 한다는 고정관념이 있다면 다시 생각해 볼 필요가 있는 거죠.

전문가들의 예측에 따르면 앞으로는 기존에 있었던 직업이 사라지고 새로운 직업이 생기는 속도가 매우 빨라질 거라고 해요. 그리고 고정된 일을 하는 직업보다 각 프로젝트에 가장 적

합한, 전문성을 갖춘 프리랜서들을 더 필요로 할 거라고 해요. 저는 이 이야기를 들을 때마다 영화 산업이 생각나요. 한 편의 영화를 제작하고 촬영할 때 촬영감독, 조명감독을 비롯한 전문가들과 배우와 스태프들이 똘똘 뭉쳐서 일을 하죠. 그러다가 촬영이 끝나면 쿨하게 헤어지고 다른 영화 제작 현장에 들어가잖아요. 앞으로는 이런 방식으로 일을 하는 팀과 프로젝트가 많아질 거라는 거죠.

　마지막으로 한 가지만 당부하고 싶습니다. 좋아하는 일, 꼭 해 보고 싶은 일이 있다면 주저하지 말고 작게라도 시작해 보세요. 너무 일찍 포기하지 말고 최소한 3년 이상 꾸준히 시도해 보세요. 꿈을 이룬 사람들이 공통적으로 하는 말이 있습니다. 자기가 좋아하는 일을 하면 굶어 죽지는 않는다는 겁니다. 저도 꿈이냐, 돈이냐의 갈림길에서 방황할 때마다 이 말을 두 손으로 꽉 붙들었습니다.

　솔직히 말해 저 또한 작가가 되기 전에는 자주 의심했습니다. 이러다가 정말 거지 되는 거 아냐? 작가도 못 되고 실패자로 살다가 죽는 거 아니야? 그런 걱정 때문에 잠 못 이루는 날도 많았죠. 그런데 꿈을 이룬 지금은 좀 알 것 같습니다. 좋아하는 일을 하면서 돈을 버는 기쁨을요. 좋아하는 일이야말로 가장 안정

이상하고 아름다운 나의 사춘기

된 직장이라는 말의 참뜻을요.

선택의 사이에 여러 틈새들이 가능하다고 봅니다. ㄴ)과 ㄷ)의 틈새 시장 말이죠. 꼭 이루고 싶은 꿈이 있다면 그 꿈을 이루기 위해 치열하게 노력하세요. 그리고 꿈을 이루기 전에는 아르바이트라도 하세요. 내 밥벌이를 하면서 검소하게 살면 됩니다. 꿈이 없거나 이룰 자신이 없다면 괜찮은 일자리를 구하세요. 괜찮은 일자리가 없다면 조금 덜 좋은 일자리라도 잡으세요. 세상의 그 어떤 일도 쉬운 일은 없습니다. 어떤 일이든 처음에는 힘이 들지만 적응을 하고 나면 조금씩 잘 해낼 수 있을 거예요. 그 일을 통해 안정적으로 돈을 벌게 되면 조금씩 자기를 위해 시간을 보내는 연습을 하세요. 돈을 벌고 쓰는 일에만 목매지 말고 친구들도 틈틈이 만나고 많이 걷고 책도 다양하게 보고 영화와 드라마도 보고 운동도 배우고 여행도 다니세요. 자기에게 맞는 취미 생활이 삶을 풍요롭게 만들어 줄 겁니다.

아리스토텔레스가 그랬다고 하죠. 인간 행위의 궁극적인 목적이 '행복'이라고요. 우리는 행복하기 위해 이 세상에 왔습니다. 어쩌면 어떤 선택을 했느냐가 중요한 게 아닐지도 모릅니다. 선택을 한 후 어떤 '태도'로 살아가느냐가 훨씬 더 중요할 겁니다. 어떤 선택을 하든 자기가 있는 자리에서 더 감사할 줄 아는 넓은 마음을 가졌으면 좋겠습니다.

재능?
엿이나 먹으라 그래

Q. 저는 하고 싶은 일이 분명한데 재능이 없을까 봐 겁이 납니다. 작가
님은 언제 글쓰기에 재능이 있다는 걸 깨달으셨나요? 특별한 재능
이 없는 것 같은데 꿈을 꿔도 되는 걸까요?

A. 태풍의 눈처럼 고요하고도 무서운 청춘의 중심을 통과
하며 스스로에게 가장 많이 물었던 질문이 바로 이거였습니다.
'과연 내게 재능이 있는가?' 집요하게 재능이라는 단어를 물고
늘어졌습니다. 대체 재능이란 뭘까? 왜 사람들은 천재에 열광할
까? 왜 나는 재능을 타고나지 못했을까?

이상하고 아름다운 나의 사춘기

소설 창작 스터디에서 모진 합평(글을 쓰는 사람들이 작품을 읽고 의견을 주고받는 비평)을 듣고 올 때마다, 예전에 썼던 글을 시간이 좀 흐른 다음 읽을 때마다 재능이 없다고 생각했고 지금도 그 생각에는 변함이 없어요. 재능이 있는 사람들을 늘 부러워했고 그들의 재능을 잠시라도 뺏을 수 있다면 어떤 짓이든 할 수 있을 것 같다는 바보 같은 생각을 한 적도 있습니다. 정말로 "저는 재능이 없나 봐요"라는 말을 입에 달고 살았답니다. 입술을 뾰로통하게 내밀고 세상의 온갖 시름을 내가 다 짊어지고 있다는 듯 불쌍한 얼굴을 한 채 아무 생각도 없이 툭툭 내뱉었죠. "전 글렀나 봐요.", "그냥 포기할까 봐요."

재능에 대해 뭔가 오해하고 있다는 걸 깨닫기까지는 시간이 좀 걸렸습니다. 제가 질투한 사람들, 재능이 넘친다고 믿었던 작가들 덕분에 잘못된 생각을 깨부술 수 있었죠. 과연 재능이라는 것의 진짜 모습은 무엇일까요? 재능에 대해 이야기를 할 때면 언제나 가장 먼저 떠오르는 글이 하나 있습니다. 바로 김연수 작가의 글입니다.

소설가가 재능에 대해서 말할 때는 소설을 쓰고 있지 않을 때다. 소설가에게 재능이란 인사기계나 기도기계 같은 것, 그러니까 마치 나 대신에 소설을 써 주는 것처럼 느껴지는 소설기계 같은 것이다. 하지만 말했다시피 이건 호두과자 기계와 다른 종류의 기계다. 재능이라는 소설기계는 소설을 만들지 않는다. 소설기계 역시 소설가의 죄책감이나 꺼림칙함을 덜어 주기 위해서 고안된 기계다. 소설을 쓰지 않기 위한 방법 중에서 재능에 대해서 말하는 것보다 더 효과적이고도 죄책감이 없는 방법이 어디 있겠는가!

『소설가의 일』, 김연수, 문학동네

저는 이 글을 읽은 뒤 좀 달라졌습니다. 더 이상 재능 운운하지 않기로 스스로와 굳게 다짐했어요. 재능을 핑계대며 나를 괴롭힐 시간에 책을 읽고 글을 쓰기로 결심했어요. 휴대폰을 붙잡고 친한 언니들에게 징징대지 않으려 애쓰기 시작했어요. 그러자 신기한 일이 벌어졌습니다. 징징대지 않고 글을 쓰는 시간이 늘어나니까 저를 괴롭혔던 불안이 조금씩 작아지더라고요. 글을 읽는 시간이 늘어나는 만큼 스스로를 혹독하게 몰아붙이는 자책의 시간이 줄어들더라고요.

아주 작은 것 하나라도 날마다 차곡차곡 쌓아 올릴 수만 있다면, 나 자신을 인내하고 기다려 줄 수만 있다면, 내가 어제보다 오늘 더 나아졌다고 확신할 수만 있다면 '재능'이라는 단어에 더는 집착할 필요가 없습니다. 소수의 천재들을 부러워할 시간에 자기 장점에 집중하는 게 나으니까요. 남과 비교할 시간에 내가 지금 할 수 있는 것을 해야 합니다. 그것만이 우리를 구원하고 변화시킬 수 있을 테니까요.

피터팬 증후군에서
벗어나려면?

Q. 어른이 되기 싫어요.

A. 선생님이 어렸을 때 친구들에게 물어보면 대부분이 빨리 어른이 되어 이 지긋지긋한 공부와 시험에서 벗어나고 싶다고 말했어요. 그런데 요즘 친구들은 좀 다른 것 같아요. 어떤 선생님이 초등학생 100명에게 물어봤대요. "빨리 어른이 되고 싶나요?" 물었더니 97명이나 되는 친구들이 어른이 되고 싶지 않다고 대답했대요.

어른들이 불행해 보이나요? 대학에 들어가는 공부도 이렇게

이상하고 아름다운 나의 사춘기

힘든데 어른들은 아무렇지 않은 표정으로 말하죠. "이게 힘들어? 취업은? 회사 생활은? 그게 더 빡세. 더 경쟁이 심하다고."

실업률은 높다고 하지, 공부를 잘하는 사촌 형이나 사촌 언니도 사는 게 힘들다고 하지, 부모님도 그다지 행복해 보이지 않지, 어른이 되면 돈도 벌어야 하는데 돈 버는 일은 쉬워 보이지 않지, 그냥 이대로 죽 어른이 안 되면 안 되나. 이런 생각을 한 적이 한 번이라도 있나요?

그런데 말이죠. 어른이 된다는 건 대체 뭘까요? 돈이 많으면 어른인 걸까요? 나이가 많으면 무조건 어른인 걸까요? 나이만 많고 아이보다 못한 사람도 어른인 걸까요? 결혼만 하면 어른인 걸까요? 결혼을 하지 않고도 현명하게 잘 사는 사람들은 어른이 아닌 걸까요?

저도 아직 모르겠어요. 대체 어른과 어른이 아닌 사람을 나누는 기준이 무엇인지 말이죠. 어쩌면 사람은 어른이 되는 과정에만 있다가 늙는 건지도 몰라요. 모두 어른이 되지 못한 상태로 죽음을 맞이하는 건지도 몰라요. 참 슬픈 이야기지만요.

주변을 둘러보면 어른들이 참 힘들게 사는 것 같죠. 지금 공부하는 것도 힘들어 죽겠는데 취업은 더 어렵다고 하지, 취업이 돼도 언제 잘릴지 모른다고 하지 마음이 심란하죠. 그런데 비밀 하나 들려줄까요? 쉿, 작게 말할 거니까 더 가까이 와 봐요. 실은 말이죠, 소곤소곤소곤. 무슨 말인지 못 들었다고요? 귀를 활짝 열고 잘 들어 봐요.

사실은요, 어른이 되면 좋은 점이 꽤 많아요. 아직 어른의 기준이 뭔지 모르지만 확실한 건 나이를 먹는다는 일은 꽤 멋진 일이라는 거예요. 한 가지 분명하게 말할 수 있는 게 있어요. 전 '과거의 나'보다 '지금의 나'가 훨씬 좋아요. 나이 들수록 예전보다 훨씬 나와 평화롭게 지내고 있거든요. 다른 사람들을 이해하는 품도 넓어졌어요. 사회에 나와 이런 일 저런 일 겪다 보면 사는 것이 쉽지 않다는 것을 알게 되거든요. 그리고 나만 힘든 게 아니라는 걸 알게 되거든요. 모두 힘겨운 삶을 하루하루 잘 버텨 내고 있다고 생각하면 다른 사람들을 한결 너그러운 마음으로 바라보게 돼요.

더 구체적으로 이야기를 해 볼까요? 우선 어른은 여러모로 더 자유롭죠. 대학생이 되면 시간표를 자기가 짜잖아요? 하루에 몰아서 수업을 들을 수도 있고, 늦잠을 자고 싶으면 오후에만 수업을 들을 수도 있어요. 취업이 되면 더는 시험을 안 봐도 되고요. 전 이게 가장 좋았어요. 지긋지긋한 시험을 더 이상 보지 않아도 된다는 거요. 정말 부럽지 않나요?

되돌아보면 학교라는 공간에서 답답함을 많이 느꼈던 것 같

이상하고 아름다운 나의 사춘기

아요. 제가 '자유'라는 단어를 참 좋아하는데 학교가 자유로운 곳은 아니잖아요. 그래서 전 대학생이 되자마자 시간표를 마음대로 짰어요. 필수로 들어야 하는 과목이 줄어드는 2학년 때는 아예 늦잠을 자려고 오후 시간에만 수업을 잡기도 했어요.

그런데 자유라는 단어에는 '책임'이 뒤따릅니다. 어른이 되고 자유를 누린다는 것은 그만큼 책임을 진다는 거예요. 어른이 되고 싶지 않다는 말은 아무것도 책임지고 싶지 않다는 말인지도 몰라요.

'피터팬 증후군'이라는 말을 들어 봤나요? '피터팬 증후군Peter pan Syndrame'이란, 성인이 되어서도 현실을 도피하려고 스스로를 어른으로 인정하지 않고 다른 사람에게 의존하고 싶어 하는 것을 뜻해요. 나는 아직 어른이 아닌 것 같은데 나이가 찼다고 사회는 여러 가지를 강요하죠. 취직을 하라고 하고, 취직이 안 되면 아르바이트라도 하라고 하고, 군대도 가야 한다고 하고, 더 나이가 들기 전에 결혼도 해야 한다고 하죠. 그 모든 것들을 잘 해내야 한다는 부담감이 싫은 거예요. 그냥 도망치고 싶은 거예요. 그게 피터팬 증후군입니다.

결국 어른이 되기 싫고 계속 어린아이로 남아 있고 싶다는 것은 지금 해야 하는 일들로부터 도망치고 싶은 겁니다. 아무것도 책임지고 싶지 않고, 아무것도 시도하고 싶지 않고, 어떤 것에도 실패하고 싶지 않은 거죠. 취업을 하거나 애인을 사귀는 것에 따르는 막중한 책임감을 피하고 어떤 스트레스도 받고 싶지 않은 겁니다.

그런데 말이죠. 아무것도 시도하지 않고, 아무것도 책임지지 않고 남은 인생을 죽 살아갈 수 있을까요? 용돈도 벌지 않고, 친구도 사귀지 않고, 이력서도 넣지 않고, 사랑을 해 보지도 않고, 군대에 가지도 않고 그렇게 죽 사는 게 가능할까요? 가능하지도 않겠지만, 만약 가능하다면 그런 삶에 대체 무슨 의미가 있을까요?

과거에 〈비정상회담〉이라는 TV 프로그램을 보다가 무척 감동을 받은 적이 있어요. 게스트로 나온 가수 황치열이 갑자기 이런 말을 던지는 거예요.

"시련이 없다면 삶에 무슨 재미가 있을까요?"

우리는 시련이나 고난을 피하려고만 하죠. 되도록이면 아무 일 없이 지금처럼 무미건조하게 살다가 죽기를 바랍니다. 그런데 그런 삶이 재미있고 의미 있는 삶이라고 할 수 있을까요? 여러분이 영화를 보러 갔는데 선택한 영화가 하필이면 아무 사건도 일어나지 않는 재미없는 영화라면 화딱지가 나지 않겠어요?

이상하고 아름다운 나의 사춘기

여러분은 자기 인생이 이처럼 아무 사건도 일어나지 않아 관객을 화나게 만드는 그런 인생이기를 바라나요?

황치열의 말에 노르웨이 대표 니콜라이가 이렇게 말했어요.

"좀 힘들어도 알바를 하거나 고난을 헤쳐 가는 과정에서 실력이 업그레이드되고, 할 수 있는 것도 많아져요."

고난을 거치지 않으면 성장도 없는 거예요. 편한 길만 걸으면서 실력을 쌓지 않다가는 어떤 일이 벌어질까요? 성장하지 않고 실력을 쌓지도 않은 사람에게 돈이나 성공이 따를까요? 아무리 시간이 지나도 전혀 업그레이드가 되지 않는 자신을 스스로 사랑할 수 있을까요? 그런 사람을 다른 사람들이 좋아할 수 있을까요?

프로그램 마지막에 소개된 고려대 학생의 글은 정말 감동적이었어요.

부모님이 흙수저라는 말을 알게 될까 두렵다. 나는 부모님으로부터 좋은 흙을 물려받았다. 흙에선 나무가 자란다. 그러니 크고 튼튼한 나무가 되어서 부모님이 내게 기댈 수 있도록 해야겠다.

금수저, 흙수저라는 말을 들어 봤을 거예요. 이 말에는 부모를 잘 만나야 인생이 잘 풀린다는 생각이 담겨 있어요. 이 말을 들을 때마다 좀 슬퍼요. 물론 부모는 우리 인생에 지대한 영향을 끼치는 존재이죠. 누구나 현명한 부모, 돈이 많은 부모를 원할 거예요. 그렇지만 우리는 부모를 선택할 수 없어요. 돈이 많고 적음을 떠나 나를 마음을 다해 사랑으로 키워 준 부모님을 돈이라는 기준으로만 들여다보는 마음이 건강하고 올바른 마음이라고 할 수 있을까요?

부모님께 좋은 흙을 물려받았으니 크고 튼튼한 나무가 되겠다는 대학생의 말이 큰 울림을 줍니다. 자신이 처한 환경을 탓하지 않고 부모님의 사랑을 받았으니 훌륭한 사람이 되어 부모님께 받은 사랑을 되갚겠다고 말하는 청춘이 있는 한 아직 우리에게 희망이 있다고 생각합니다.

친구가 없다고
쫄 거 없어!

Q. 친구들이랑 사이가 안 좋아요. 잘 지내고 싶은 생각도 별로 없어요. 그냥 혼자가 편해요. 그런데 부모님이 걱정을 하세요. 저 같은 사람은 사회생활을 하기 어렵겠죠?

A. 친구를 잘 사귀고 친구가 많은 사람들은 친구 때문에 고민하는 사람들의 마음을 잘 모를 겁니다. 솔직히 고백하자면 저도 혼자가 편한 사람이에요. 하하. 터놓고 이야기를 하니 속이 시원하네요. 사람들을 만나는 게 보통 피곤한 일인가요? 게다가 저는 예민한 구석이 있어서 사람을 만나고 오면 복기를 해요.

'내가 그 말을 한 게 친구에게 상처가 된 건 아니었을까? 왜 그 말을 했지? 다음에는 좀 더 조심해야지. 실수하지 말아야지.' 그러니 얼마나 피곤하겠어요. 사람을 만나는 일은 그 자체만으로도 피곤한 법인데 집에 와서도 이러고 있으니까요.

친구가 많으면 좋죠. 하지만 친구의 숫자가 중요한 건 아니에요. 중요한 건 이거예요. '나를 잘 이해해 주고 나와 잘 소통할 수 있는 친구가 한 명이라도 있으면 된다.'

우리는 누구도 홀로 행복할 수 없고 홀로 성장할 수 없어요. 인간은 사회적 동물이라고 하잖아요? 원래부터 혼자 살아갈 수 없는 동물인 거죠. 생각해 보세요. 오늘 내가 먹은 밥의 쌀은 내가 수확한 건가요? 내가 입고 있는 옷을 내가 만들었나요? 태어나서 지금껏 무인도에서 혼자 살고 혼자 성장한 사람이 한 명이라도 있나요? 우리는 태어나 한시도 혼자 살아갈 수 없습니다.

그렇다면 어떻게 해야 남과 더불어 잘 사는 삶을 살 수 있을까요? 회사를 다니는 친구들의 이야기를 들어 보면 회사 업무보다도 사람 관계 때문에 더 스트레스를 받는다고 말해요. 기본적인 예의를 지키지 않는 상사를 견뎌 내야 하고 기어오르는 후배를 어떻게 다루어야 할지 난감해해요. 일만 잘하면 되는 줄 알았는데 그게 아닌 거예요. 게다가 아직 한국 사회는 공과 사의 구분이 엄격하지 않은 편이에요. 상사나 동료가 아무렇지 않게 사생활을 침해하려고 하죠. 결혼을 안 하면 왜 안 하느냐고 뭐라 하고 이사를 갔다고 하면 집값부터 묻는대요.

적당히 아부도 하고, 눈치 빠르게 상사에게 칭찬도 하고, 후배한테 잘해 주다가도 후배가 잘못하면 따끔하게 혼도 내는 카리스마를 갖추어야 하고. 에고고. 이런 것들이 사회생활의 기술이라고 말하죠. 많은 사람들이 이런 기술을 갖추려고 노력합니다. 하지만 당장 스트레스가 줄지는 않아요. 남들이 뭐라고 하든 무던한 사람들은 그냥 지나갈 수 있는 일도 예민하고 섬세한 사람들에게는 큰 스트레스가 되거든요. 무던하고 성격 좋은 사람이 되고 싶지만 그게 노력한다고 바로 변할 수 있는 게 아니거든요.

우선 기본적인 것을 잘 해내는 사람이 되면 좋겠습니다. 지각을 하지 않고, 맡은 일을 성실히 해내고, 실력을 업그레이드하기 위해 틈틈이 노력하고, 예의를 갖춰 사람을 대한다면 상사의 어이없는 공격을 받는 일은 줄어들 거예요. 누구와 일하든 함께 일하는 게 껄끄럽지 않은 사람이 되려고 노력하세요. 사회생활을 '잘'하는 사람이 되는 건 어려운 일이지만 적어도 '못'하는 사람이 되지 않았으면 좋겠어요. 여러 시행착오를 겪으면서 노하우를 쌓고 사회생활을 잘하는 사람들을 잘 관찰하고 참고해 보세요.

만에 하나 나의 영혼을 짓밟는 폭력적인 사람들과 일해야 하는 상황이라면 지체하지 말고 그만두라는 말을 하고 싶습니다. 내 영혼이 다치는 상황에 나를 내버려둬서는 안 됩니다. 지금 이 일을 그만두면 당장 다음 달 카드값이 무척 걱정되겠지만 그래도 그만두는 게 맞습니다. 다른 일을 찾으면 되죠. 눈을 돌리고 시도하면 새로운 일자리가 보일 겁니다.

무엇보다 강조하고 싶은 것은 자존감을 기르는 겁니다. 자존감이 튼튼한 사람은 다른 사람이 자신에게 던지는 말이나 행동에 크게 상처받지 않습니다. 상처받더라도 금방 넘어갈 수 있습니다. 그런데 자존감이란 무엇을 뜻하는 걸까요? 혹시 자존감이라는 말이 어렵게 느껴지나요? 자존감은 스스로를 있는 그대로 존중하는 감정입니다. 제가 생각하는 자존감은 이겁니다.

- 다른 사람이 바라보는 '나'보다 내가 바라보는 '나'가 훨씬 중요한 마음
- 다른 사람이 나에 대해 뭐라고 떠들든 내가 생각하는 '나 자신'이 가장 중요한 마음
- 남들이 나에 대해 뭐라고 말하든 덜 신경 쓸 수 있는 마음

어떤가요? 자존감이라는 단어가 좀 더 쉽게 와닿나요? 자존감은 사회생활을 잘하기 위해서도 필요하지만 사랑을 할 때도 꼭 필요해요. 자존감이 낮은 사람은 연인과 헤어질 때, 혹은 헤어진 이후에 마음을 회복하는 능력이 무척 떨어지기 때문에 고생을 많이 합니다. 이별 과정에서 결코 해서는 안 되는 말이나 행동을 할 확률도 있습니다.

친구가 많지 않다고 쫄 필요 없어요. 앞에서 이야기했지만 나의 진가를 알아주는 딱 한 명의 친구만 있어도 우리는 잘 살아갈 수 있거든요. 그런 친구를 아직 만나지 못했다고요? 걱정하지 마세요. 언젠가는 만날 거예요. 나의 영혼을 따뜻하게 들여다봐 주는 친구를 십 대에 만날 수도 있지만 이십 대나 삼십 대에 만날 수도 있는 거니까요.

아직 영혼의 소울메이트를 만나지 못했다면 두 가지를 강조하고 싶습니다. 하나는 좋은 사람이 되려고 애쓰는 겁니다. 내가 따뜻하고 유머러스하고 즐거운 사람이면 친구가 안 생길래야 안 생길 수가 없습니다. 내가 먼저 다른 사람에게 기분 좋은 사람이 되려고 노력해 보세요. 그게 힘들다면 이야기를 잘 들어주는 사람이 되어 보세요. 사람들은 내 이야기를 귀 기울여 잘 들어 주는 사람을 정말 좋아하니까요.

다른 하나는 혼자만의 시간을 잘 보내는 사람이 되는 겁니다. 우리는 혼자 남겨지면 외롭다고 생각하며 부정적인 감정에 휩싸이곤 합니다. 하지만 혼자 있는 시간은 나 자신의 영혼을 껴안을 수 있는 유일한 시간이기도 합니다. 그리고 혼자서도 잘 지낼 수 있는 사람이어야 남과도 더불어 잘 살 수 있습니다.

저는 외로움과 고독이 좀 다르다고 생각하는데요. 외로움에 비한다면 고독은 훨씬 충만하고 견딜 만한 감정 같아요. 철저히 혼자이기에 꺼낼 수 있는 감정과 에너지가 있다고 생각하거든요. 우린 좀 더 고독해질 필요가 있지 않나 싶어요. 이 세상에 나만 있는 것처럼 고독의 시간을 만끽해 보세요. 잠깐 휴대폰도 내려놓고 텔레비전도 끄고 산책을 하거나 책을 읽거나 일기를 써 보면 어떨까요? 아무것도 하지 않고 빈둥거리거나 멍을 때려도 좋고요.

창조적인 사람들은 입을 모아 이렇게 말합니다. 고독이야말로 창조력의 원천이라고요. 세상과 연결을 끊고 혼자 남겨졌기 때문에 닿을 수 있는 은밀한 기쁨과 창조의 세계가 있다는 겁니다. 그러니 사람들이 나를 떠나는 것을 무서워하지 말고 혼자만의 시간을 만끽하는 사람이 되었으면 좋겠습니다. 고독을 즐길 수 있고 혼자서도 제법 시간을 잘 보낼 수 있다는 건 그만큼 나 자신이 스스로에게 편하다는 겁니다. 세상에서 나와 가장 많은 시간을 보내는 사람은 바로 나 아닌가요? 그러니 나 자신과 잘 지내는 것이 무엇보다 중요한 것 같아요. 나와 불화하지 않고 친하게 지내는 것이 무엇보다도 소중합니다.

단언컨대 친구의 숫자 따위는 중요하지 않습니다. 아직 소울메이트를 만나지 못했다면 내가 나 자신에게 가장 소중한 친구가 되어 주세요. 그렇게 한다면 내 영혼까지 이해해 주는 친구를 곧 만날 수 있게 될 겁니다.

주제 따윈
개나 줘 버려

Q. 이 책을 통해 작가님이 전하고 싶은 주제는 무엇인가요?

A. 짜잔! 드디어 나왔네요. 친구들을 만나 가장 많이 들은 질문 중 하나가 바로 이겁니다. 이외에도 많이 듣는 질문들은 다음과 같습니다.

- 이 책을 쓰게 된 이유와 계기는 무엇인가요?

- 집필하는 데 얼마나 걸렸나요?

- 소설 내용 중 작가님이 직접 경험한 내용은 무엇인가요?

- 언제부터 작가를 꿈꾸었나요?

- 어떻게 작가가 되었나요?

책을 읽고 나면 그 책의 주제가 무엇인지, 즉 작가가 책을 통해 하고 싶은 말이 무엇인지 무척 궁금해하더군요. 그런데요. 과연 책의 주제가 무엇인지 중요할까요? 작가가 책을 통해 하고 싶은 말의 핵심을 꼭 알아야만 할까요?

> 작품은 작가의 손을 떠나서 백 명의 독자를 만나면 백 가지 의미를 지닌다. 백 개의 작품이 된다.
>
> _『소년을 읽다』, 서현숙, 사계절_

이 문장을 만나고 속으로 탄성을 내질렀어요. 평소에 생각하고 있던 것을 정확하게 표현한 문장을 만나면 정말 반갑고 가슴까지 뭉클해지죠. 그동안 우리는 소설의 주제, 창작 동기, 작가의 의도가 중요하다고 배웠어요. 국어 시험 문항에도 꼭 들어가잖아요. '이 글의 주제와 일치하지 않는 것은?'

하나의 작품에 관해 수업을 하고 시험 문제까지 내야 하니 어쩔 수 없는 일이겠죠. 어쨌거나 교과서에 실린 작품 이외의 것을 읽을 때는 우리 좀 자유로워지자고요. 시험 공부할 때 밑

줄 그은 말들에 신경 쓰지 말고 마음껏 소설을 읽자고요.

단도직입적으로 말해 한 권의 책을 쓰면서 미리 생각해 둔 작가의 의도는 없습니다. 정해진 주제도 없고요. 책을 읽고 자신에게 남은 감정과 단어가 있다면 그게 작품의 핵심 내용이고 주제 아닐까요?

책을 읽고 그 책에 대한 느낌과 해석을 짧게 정리해 보세요. 그 후 그걸 가장 친한 친구와 이야기해 보세요. 나와 친구의 해석이 같을까요, 다를까요? 아마 십중팔구 다를 거예요. 내가 그 소설에서 가장 좋아하는 인물과 친구가 좋아하는 인물도 다를 거고요. 강연 후 사인을 할 때, 저는 넌지시 이런 질문을 던질 때가 많아요. "가장 마음에 드는 인물이 누구예요?" 친구들의 대답이 일치할까요? 아뇨. 절대 그렇지 않더라고요. 게다가 소설의 주제는 한 가지가 아니라고 생각해요. 백 명의 독자가 있다면 백 명의 독자가 다 자기만의 방식으로 소설을 읽을 자유가 있으니까요.

더 많은 독자들이 멋대로 독창적인 해석을 해 주기를 기다립니다. 더 재미나게 소설을 즐겨 주기를 바랍니다. 저 또한 좀 더 소설 쓰기를 즐길 생각이거든요.

작가와
독자 사이

Q. 작가로서 어떨 때 보람을 느끼시나요?

　A. 작가와 독자의 사이는 생각보다 가깝기도 하고 멀기도 한 것 같아요. 한 편의 소설을 완성하고 책이 나오기까지는 생각보다 긴 시간이 걸려요. 그 책이 독자에게 닿는 데까지 또 시간이 걸리고요. 독자들의 반응을 듣는 데는 더 많은 시간이 필요하죠. 이 시간의 격차가 주는 버퍼링이 생각보다 강렬하더라고요.

　예를 들어, 전 지금 제가 쓰고 있는 소설에 빠져 있는데 강연에 가서 독자를 만나면 이미 출간된 소설 이야기를 해야 해요.

가끔은 어떤 질문을 받고 놀라기도 해요. '아, 내가 이런 문장을 썼던가?' 지금 현재 쓰고 있는 소설에 푹 빠져 있을수록 이미 출간된 소설 속 문장들은 흐릿해져 가기 마련이죠.

물론 작가로서 보람을 느끼는 순간이 꽤 많습니다. 책을 읽은 출판 관계자들이 소설에 대해 좋은 피드백을 해 줄 때, 강연을 통해 만난 청소년 독자들이 책을 재미있게 읽었다고 말해 줄 때, 내가 생각했던 것보다 더 강연이 잘 이루어져 독자들의 마음과 소통했다고 느낄 때 보람을 느낍니다.

형순이가 돌아왔다. 소위 '징벌방'이라고 불리는 1인방에서 보름을 지내다가 귀환했다. 방 밖으로 한 걸음도 나가지 못한 채 방 안에서만 15일을 보낸 것이다.

"형순아, 많이 힘들었지? 고생 많았어."

"네에, 좀 힘들었어요. 엄마가 많이 속상해하셨어요."

"그래, 엄마가 얼마나 속상하셨겠니…."

"방에서 계속 책 읽었어요."

"책? 무슨 책?"

"『싸이퍼』랑『사랑에 빠질 때 나누는 말들 』, 번갈아가면서 읽었어요. 달리 할 일이 없어서요. 읽을수록 재미있더라고요."

이상하고 아름다운 나의 사춘기

형순이는 이중으로 갇혔었다. 갇힌 공간(소년원) 안의 갇
힌 공간(징벌방)에서 책 두 권을 보름 동안 반복해서 읽었
다고 한다. 이런 순간에는 뭐라 답을 해야 할까. 알맞은 답
을 찾지 못했다. 보름의 시간은 심심하다기보다는 외로웠
을 것 같다. 그곳에서 겪었을 많은 감정들, 그곳에서 만났
을 많은 '나'들, 그 시간에 두 권의 책이 형순이와 함께 있
었다. 탁경은 작가의 소설이 소년에게 특별한 책이 된 것이
다. 형순이는 탁경은 작가의 책을 읽었는데, 징벌방에 들어
가느라 작가님을 못 만났던 학생이다. 수업이 끝나고 탁경
은 작가에게 형순이의 이야기를 전해 줬다. 작가님은 마음
이 먹먹하다고 한다. 책 읽고 궁금한 것을 써서 보내면 꼭
답장을 해 주겠다고 한다.

『소년을 읽다』, 서현숙, 사계절

　　서현숙 선생님으로부터 형순이 이야기를 들었을 때 가슴속
에서 울컥 무언가가 솟아올랐어요. 이런 감정을 뭐라고 표현해
야 할까요. 어쩐지 다 이해받은 듯한 느낌이었어요. 작가가 되
기 위해 지금까지 겪은 모든 고난과 서러움이 눈 녹듯이 사라지
는 느낌이었어요.

　　작가는 어떤 순간에 강해질까요? 작가는 어떤 순간 행복을

느낄까요? 작가는 글을 읽고 쓰는 동안 조금씩 강해져요. 하지만 아무리 매일 글을 읽고 쓰더라도 가끔은 속절없이 흔들리고 휘청거리죠. '지금 내가 잘하고 있는 건가?', '지금 내가 쓰고 있는 글이 과연 출간될 수 있을까?', '지금 내가 쓰고 있는 글이 무슨 가치 있을까?' 이런 질문들이 수시로 가슴에 파고듭니다.

아무리 생각해도 내 글이 책이 되어 세상에 나오고 그 책이 독자에게 가닿는 일은 기적처럼 느껴져요. 세상에 글을 잘 쓰는 사람들이 얼마나 많은가요. 세상에 읽을 만하고 의미 있는 책은 또 얼마나 많은가요. 그 무수한 책들 속에서 독자가 내 책을 선택해 책장을 넘겨 주고 집중해서 문장을 하나하나 읽어 주는 일, 이게 기적이 아니면 뭘까요? 그 기적으로 말미암아 한 문장이라도 독자의 가슴에 의미 있는 무언가를 남길 수 있다는 실체감. 그것보다 작가를 더 강하게 만들 수 있는 것은 없습니다. 그것보다 작가를 더 행복하게 만들 수 있는 것도 없습니다.

제가 존경하는 김연수 소설가가 이런 말을 했어요. 어떤 독자가 자신이 쓴 소설을 처음부터 끝까지 손으로 필사한 노트를 선물했을 때 작가로서, 한 인간으로서 다 이해받은 듯한 느낌이 들었다고. 그런 기적 같은 일이 책이라는 물성을 통해, 그리고 글을 통해 가능하다고 생각하면 저도 모르게 마음이 따뜻해져요. 글 쓰는 삶을 택하기를 참 잘했다는 생각이 절로 듭니다.

놀이=취미=일

Q. 언제부터 작가를 꿈꾸셨나요?

A. 청소년이었던 시절, 아주 어렴풋이 생각했어요. '글'과 '말'에 관련된 일을 하고 싶다. 스스로 보기에도 글을 쓰고 말을 하는 걸 참 좋아했거든요. '글'과 '말'에 관련된 직업들을 죽 써 봤어요. 생각보다 많은 직업이 있더군요. 아나운서, 외교관, 기자, 방송작가, 소설가 등. 한 살 한 살 나이를 먹을수록 하나씩 아웃되더니 그 많은 직업 중 하나가 남았는데 그게 바로 작가였어요.

공자님은 알면 알수록 참 좋아요. 존경스럽고 멋진 분이시죠.

공자님이 이런 말을 남겼는데 들어 봤나요?

知之者不如好之者, 好之者不如樂之者
지지자불여호지자, 호지자불여락지자

알기만 하는 사람은 좋아하는 사람만 못하고
좋아하기만 하는 사람은 즐기는 사람만 못하다.

세상에서 가장 힘이 센 사람은 바로 즐기는 사람이라는 말이에요. 어떤가요? 이 말이 와닿나요? 어린아이였던 때를 떠올려 보세요. 우리는 어린아이였을 때 매일 신나게 놀았어요. 뭘 하고 놀면 신날까? 이 고민이 세상에서 가장 중요했죠. 어린아이의 마음으로 돌아가 좋아하는 것에 완전히 빠져 즐겁게 놀 수 있는 것이 있나요? 즐겁게 노는 것이 일이 되고 밥벌이가 될 수 있다면 그것보다 더 큰 성공이 있을까요?

글을 쓰는 일을 정말 좋아했어요. 그리고 정말로 잘 쓰고 싶었어요. 그래서 오랜 시간 매달렸어요. 지금도 저는 글을 쓰는 일을 좋아하고 즐겨요. 글쓰기는 저에게 놀이이자 취미이고, 또 일이에요. 삶에서 가장 소중하고 중요한 일이자 동시에 삶에서 가장 잘하고 싶고 즐기고 싶은 놀이예요.

한 가지만 덧붙일게요. 즐겁게 놀 줄 알아야 해요. 어떤 일이든 좋으니 재미있는 것이 있으면 무조건 뛰어드세요. 단, 다른 사람에게 피해를 주는 일만 아니라면요. 공부만 할 줄 아는 사람은 공부도 틈틈이 하면서 잘 놀 줄 아는 사람을 결코 따라갈 수 없어요. 여러분들이 즐겁게, 펑펑 놀았으면 좋겠어요. 미친 듯이 놀고 겪고 만나고 도전해서 자기 자신을 발견했으면 좋겠어요.

앞으로 미래 사회에서는 명령을 잘 수행하는 사람이 아니라 문제를 발견하고 새로운 질문을 던질 줄 아는 사람을 인재라고 부를 거예요. 사회는 앞으로 창의적인 사람을 간절히 기다릴 텐데요. 창의적인 인재란 말을 잘 듣는 사람이 아니라 자기만의 말을 할 줄 알고, 자기만의 아이디어를 갖고 있는 사람일 테죠. 자기만의 생각을 품고 창조적인 아이디어가 샘솟는 사람이 되려면 무조건 잘 놀아야 하고 자신과 세계를 세심히 알아야 해요.

지금도 저는 십 대와 이십 대에 더 많은 경험을 해 보지 못한 것을 종종 후회해요. 더 많은 것을 경험하고 더 제대로 놀아 볼걸. 더 다양한 사람을 만나고, 연애도 더 많이 하고, 여행도 무작정 떠날걸. 만약 타임머신이 발명돼 이십 대로 돌아갈 수 있다면 당장 짐을 꾸려 배낭여행을 떠날 겁니다. 장소는 어디든 좋아요. 여러분들은 저처럼 이런 후회를 하지 않았으면 좋겠어요.

좋아하는 일, 재미를 느끼는 일이 있다면 마음껏 해 보고 무조건 부딪쳤으면 좋겠습니다. 나와 비슷한 것을 좋아하는 사람뿐만 아니라 다른 것을 좋아하는 사람도 만나 다양한 이야기를 나누면 좋겠습니다.

어떻게 하는 게 잘 노는 거냐고요? 경험이 부족해 조언을 할 자격이 없지만 일단은 하고 싶은 일들을 마음껏 해 보라고 말해 주고 싶네요. 남을 방해하지 않는다면 어떤 일이든 내가 하고 싶은 방향으로 무작정 해 보세요. 많은 사람을 만나고 많은 곳을 보고 세상에서 펼쳐지는 다양한 일들에 직접 부딪쳤으면 좋겠습니다.

공부도 좋고 성공도 좋고 다 좋지만 일단 잘 놀 줄 알았으면 좋겠어요. 신나게 놀고 여러 일을 겪고 그 과정에서 자기를 느끼고 발견했으면 좋겠습니다. 그럴 기회와 시간이 있는 여러분이 진심으로 부럽네요.

주변의 조언에
신경 쓰지 말자

Q. 학원 선생님이 계속 조언과 잔소리를 하는데 듣는 일이 너무 괴로
워요. 나를 위해서 하는 말이라는 건 알겠는데 마음이 자꾸 다치는
것 같아요.

A. 한 가지 묻고 싶은 게 있어요. 그 학원 선생님을 많이 좋
아하나요? 존경하나요? 그렇지 않다면 마음 쓰지 않아도 될 것
같아요. 만약 그 선생님을 좋아하고 존경한다면 이야기가 달라
지죠. 내가 존경하는 사람이 나에게 하는 조언이나 잔소리는 뼈
아파도 들을 만한 가치가 있거든요.

내게 가장 필요한 조언, 내 상황을 간파하는 정확한 조언을 해 주는 사람이 있다는 건 축복이라고 말하는 사람도 있어요. 그런데 생각보다 이런 경우가 드물다는 게 문제죠. 내게 딱 맞는 조언을 해 주려면 나를 나만큼이나 잘 알고 있는 사람이어야 하는데 이 세상에 나를 나보다도 잘 아는 사람은 없거든요. 가족이나 친한 사람도 나를 나만큼 잘 아는 건 아니에요. 또한 나는 매일, 매 순간 변화하죠. 그렇기 때문에 누군가의 조언은 '지금의 나'가 아니라 '과거의 나'에 해당될 때가 많아요.

그래서 요즘 저는 다른 사람에게 조언을 할 때 망설이게 돼요. '내가 그 사람에 대해 뭘 안다고 감히 조언을?' 이런 생각이 자꾸 들어서요. 아무리 애정을 듬뿍 담아 조언을 했더라도 듣는 사람 입장에서 마음이 조금도 움직이지 않았다면 그건 조언이 될 수 없지 않을까 싶어요. 이야기를 할수록 조언이 참 힘든 일이라는 생각이 드네요.

한번은 이런 일이 있었어요. 무척 좋아하는 사람이 저에게 진심으로 조언을 해 주었는데 그 조언이 제 마음에 전혀 와닿지 않았어요. 너무 늦은 조언이었어요. 그 사람의 조언은 현재 내 마음 상태와 전혀 관계가 없었거든요. 내가 변화하기 전의 과거 마음 상태에 어울릴 법한 말에 불과했어요. 가장 안타까웠던 것은 그 조언이 내 안의 가능성을 다 알아봐 주지 못한다는 느낌이었어요. 조언을 듣는 '나'보다 조언을 하는 '자신'을 위로하는 말처럼 느껴져서 많이 외롭고 쓸쓸했어요.

어쩌면 우리가 사랑하는 사람들에게서 듣고 싶은 말은 조언보다는 지지와 응원 같아요. 가령 이런 말들이요.

"지금 충분히 잘하고 있어."

"넌 잘될 사람이야."

"넌 이 시련을 잘 버텨 낼 거야."

"나는 널 믿어."

되돌아보면 주변의 조언보다 내 직감을 믿고 행동했을 때 결과가 더 좋았어요. 그렇게 몇 번의 경험을 통해 깨달았어요. 직감의 힘이라는 게 정말 대단하구나. 본인은 직감이 떨어지는 편이라고요? 제 생각에는 직감 역시 노력으로 어느 정도는 기를 수 있다고 봐요. 가령 일기를 매일 쓰는 사람들은 자기 내면이 어떤 상태인지 잘 알기에 직감이 높을 확률이 크죠. 빠른 속도로 글을 써 보는 것도 좋아요. 빠르게 글을 쓰면 무의식이 작동하기 때문에 내면에 숨겨 둔 생각들이 탁탁 튀어나오거든요. 그 안에 직감을 기르는 열쇠가 숨어 있어요. 나는 물론이고 다른 사람을 세세히 관찰하고 들여다보는 연습을 하는 것도 좋아요.

주변 사람들이 나에 대해 이러쿵저러쿵 하는 말에 신경 쓰지 마세요. 그럴 시간에 내가 나 자신의 마음을 더 들여다보고 다독여 주면 어떨까요. 내가 나다움을 찾으려 할 때, 내가 좋아하는 것을 선택할 때 가장 가까이 있는 소중한 사람들이 반대하거나 걱정할 수 있어요. 제가 작가가 되겠다고 했을 때도 그랬어요. 부모님을 사랑하지만 저는 제가 하고 싶은 일이 정말 중요했어요. 소중한 사람들의 반응에 주눅 들지 않으려고 제 자신과 더 많은 대화를 나누었고요. 아무도 날 응원해 주지 않는다는 생각이 든다면 내가 날 응원해 주면 됩니다.

이상하고 아름다운 나의 사춘기

진정한
행복이란?

Q. 작가님이 생각하는 행복은 뭔가요?

A. 질문을 듣고 곰곰이 생각해 봤어요. 내가 가장 행복한 순간은 언제일까? 작가로서 내가 느끼는 은밀한 행복이 있다면 그건 무엇일까?

소설을 쓸 때 저는 잠깐 다른 세계로 건너가요. 메타버스 세계처럼요. 내가 만든 세계로 건너가 온몸으로 주인공이 되는 거죠. 주인공이 남자이든, 아이이든, 노인이든 상관없어요. 제 몸과 마음은 온전히 주인공이 되어서 보고, 듣고, 말하고, 느끼고, 사건을 겪습니다. 어찌 보면 완전한 감정 이입이고 완전한 소통이죠. 그래서 그런지 시간이 쏜살같이 지나가요. 놀이기구를 타는 것처럼 재미있고 기분이 좋아져요. 이 순간 전화가 걸려 오거나 방문자가 있어 흐름이 탁 끊기면 짜증이 확 나죠.

시간이 어떻게 흐르는지 모를 만큼 흥미로운 일, 자신의 영혼이 송두리째 사로잡힐 만큼 매력을 느끼는 일. 여러분에게도 그런 일이 있나요? 만약 없다면 한번 지금부터 찾아보세요.

그러므로 작가로서의 행복을 이렇게 정의하면 어떨까 싶어요. 행복은 '몰두'다. '완전한 몰입'이다. 몰입을 영어로 'Flow'라고 하는데 흐르다, 떠내려가다라는 뜻이에요. 저는 오늘도 제가 만든 세계 속에서 정처 없이 떠내려가고 있어요. 그 집중의 순간, 엄청난 몰두가 주는 희열을 잊지 못하고 내일 또다시 노트북 앞에 앉고 싶어요.

그런데 그 몰입을 끊는 일이 계속 일어났어요. 몸이 아프기도 했고, 가족에게 불행한 일이 생기기도 했고, 이사를 갔는데 집에 문제가 많아 아예 살지 못한 적도 있었어요. 그렇게 불행한 일이 몰려들면 잔뜩 겁을 먹고 동동거렸어요. '이 일이 지나가기는 할까?', '이번에는 또 어떻게 버텨야 하지?', '다시 행복해지는 건 불가능한 일인가?' 불안과 두려움에 잡아 먹힐 것 같았지만 눈을 질끈 감고 어떻게든 그 시간을 버텼어요. 또다시 일상을 되찾고 글을 쓸 수 있을지도 모른다는 희망을 포기할 수 없었거든요.

영원히 계속될 것 같던 시련도 언젠가는 끝이 나고 컴컴하던 터널에 한 줄기 빛이 쏟아졌어요. 힘겨운 시간을 버텨 낸 스스로가 대견해졌죠. 무엇보다도 불행한 사건을 겪은 후 저는 조금 단단해졌어요. 밥을 먹고, 설거지를 하고, 사랑하는 사람들과 웃으며 이야기를 나누는 일이 얼마나 감사한 일인지 절절히 깨닫게 됐으니까요.

행복에 관해 작은 팁을 하나 공유할게요. 행복을 제대로 공부하고 파헤친 학자들에 따르면 행복은 강도가 아니라 '빈도'라고 해요. 작고 사소한 일에 '자주' 기뻐하는 일이 중요하다는 거죠. 한 번의 커다란 기쁨보다 작은 기쁨을 '여러 번' 느끼는 것이 좋대요. 그리고 행복한 사람들은 '시시한' 즐거움을 자주 느끼는 사람들이라고 하네요. 마지막으로 가장 중요한 팁은 이거 같아요. 남의 시선에 덜 신경 쓰기. 남들이 나에 대해 뭐라고 하든 무시할 줄 알기. 우리 조금 더 자주, 더 사소하고 시시한 것들로 행복해져 봐요.

Q. 작가님은 행복한가요?

A. 직업별 기대 수명도가 있대요. 직업별 평균 수명을 통계 내서 발표하는 자료인데 어떤 직업이 가장 오래 살까요? 바로 지휘자와 성직자라고 하네요. 항상 상위권에 이름이 오르는 직업들이에요. 그렇다면 작가는 어떨까요? 휴, 안타깝게도 작가는 꼴찌에 가깝습니다. 한마디로 오래 살지 못합니다. 오래 앉아 있는 일이 건강에 좋지 못하다는 건 이미 잘 알려진 사실이죠.

이렇듯 작가라는 직업에는 많은 단점이 있어요. 일단 작가가 되겠다고 하면 가족들이 안 좋아합니다. 단편이든 장편이든 한 작품을 써 내려면 많은 시간과 에너지가 필요한데 그에 따르는 정당한 보상을 얻지 못할 때도 있어요. 단편소설 열 편을 쓰면 그중 몇 편이 정당한 원고료를 받을 수 있을까요? 냉정하게 이야기하면 단 한 편도 원고료를 못 받을 수도 있습니다. 저도 작가지망생으로 살았던 11년이라는 시간 동안 그랬어요.이렇게 어려운 일을, 먹고살기 어려운 시대에 돈이 안 되는 글을 누가 쓰나 싶지만 신춘문예와 같은 문학상 공모전의 경쟁률은 여전히 상상을 초월한답니다.

저 역시 작가지망생 시절 동안 무수히 떨어졌고 책이 나온 이후에도 출판사로부터 거절 편지를 받곤 했어요. 그런데도 작가가 되고 나서 제가 가장 먼저 한 생각은 이거였어요. '아, 진짜 행복하다. 좀 더 일찍 작가가 되었다면 얼마나 좋았을까.'

작가가 되고 나서 오히려 더 잘 알게 됐죠. 제가 작가라는 직업과 굉장히 잘 맞는 사람이라는 것을 말이죠. 그래서 제 직업적 만족도는 90점에 가깝습니다. 글을 쓰고, 글을 읽고, 영화를 보고, 다큐멘터리를 보고, 떠오르는 아이디어를 메모하고, 쓰고 싶은 것이 구체화될 때까지 궁굴리고 구상하는 시간을 좋아합니다. 첫 번째 원고를 초고라고 하는데 가급적 초고를 즐겁게, 신나게 씁니다. 책이 나오기까지 꼼꼼하고 정밀하게 교정을 보는 과정도 제법 괜찮습니다. 교정을 거친 후 책이 세상에 나오면 뿌듯하고 기쁘죠. 좋아하는 일을 하며 사는 사람이 많지 않다는 걸 잘 알기 때문에 작가로 살 수 있어서 늘 감사한 마음을 가지고 있습니다.

작가라는 직업의 장점을 살펴볼까요? 일단 눈치를 주는 상사도 없고 기어오르는 부하직원도 없습니다. 출판사 편집팀과 호흡을 맞춰야 하므로 사회적 관계가 있긴 하지만 다른 직업에 비하면 최소한의 관계죠. 무엇보다도 제가 생각하는 이 직업의 가장 큰 장점은 시간 부자라는 점입니다. 인생에서 가장 소중한 것 중 하나인 시간을 비교적 자유롭게 쓸 수 있거든요. 아침에 글이 잘 써지면 일찍 일어나면 되고, 저녁에 글이 잘 써지는 작가라면 늦잠을 자도 되니까요. 그리고 늘 여행자의 기분으로 살 수 있습니다. 책만 펴면 언제든 다른 세계로 여행을 떠날 수 있으니까요.

물론 작가가 되고 책이 나오기까지 마음고생을 심하게 했습니다. 좌절도 많이 했고 시행착오도 수없이 겪었죠. 11년 동안 혹독한 시간을 거쳤기에 작가로 살아가는 지금에 더 만족하는 걸지도 모르겠어요. 말도 안 되는 소리 같지만 아주 가끔 그 시절을 그리워할 때도 있습니다. 왜냐하면 이제 와 돌아보니 아직 등단을 하지 못해 내가 쓴 글이 출간되지 않기에 누구의 눈치도

보지 않고 정말 자유롭게 글을 쓰고 마음껏 도전했거든요. 그땐 매번 좌절하고 불평하느라 그 시간이 소중한 시간인 걸 미처 몰랐지만요.

이제는 어렴풋이 알 것 같아요. 누구보다도 치열하게 글을 쓴 시간, 포기하지 않고 계속 시도하던 그 시간이 있었기에 지금의 내가 있는 거구나. 그때 많이 아프고 절망했지만 그 시간이 있었기에 내공이 쌓이고 맷집이 어느 정도 있는 작가가 된 거구나.

무언가를 간절히 원하고, 그것을 이루기 위해 노력하는 순간들이 얼마나 아름답고 벅찬 일인지 꼭 경험해 봤으면 좋겠어요. 혹 운이 안 좋아 성공적인 결과를 얻지 못하더라도 노력한 경험은 결코 사라지지 않으니까요. 그 경험들은 우리 안에 고스란히 남아 가능성이 되고 자양분이 될 겁니다. 뚜렷한 성취를 해내지 못하더라도 그런 경험을 한 번이라도 해 본 적이 있다면 우리는 충분히 삶을 삶답게 살았다고 말할 수 있지 않을까요.

쉿,
책은 위험한 물건이다

Q. 책을 추천해 주실 수 있나요?

　A. 좋은 책을 추천해 달라는 질문을 가끔 받는데요. 받을 때
마다 난감해지고는 해요. 책을 추천하는 건 무척 어려운 일이거
든요. 그 사람이 어떤 인생을 살아왔고 어떤 꿈을 품고 있고 어
떤 것에 관심을 갖고 있는지 알아야지 적당한 책을 추천할 수
있기 때문이죠.

　좋은 책은 어떤 책일까요? 많은 사람들이 읽는 베스트셀러?

이상하고 아름다운 나의 사춘기

잘나고 똑똑한 사람들이 추천하는 책? 노벨문학상을 받은 책? 아닙니다. 내가 끌리는 책, 내가 읽고 싶은 책, 내가 매력을 느끼는 책이 내게 좋은 책이에요.

도서관이나 서점에 가면 산책을 하듯 이 코너 저 코너를 기웃거려 보세요. 표지가 마음에 들든, 책의 두께가 마음에 들든, 목차가 마음에 들든 내 마음을 당기는 책을 한 권 발견할 수 있을 거예요. 바로 그 책부터 시작하면 돼요. 읽다가 지루하면 던지고 다른 책을 고르면 되고요.

만약 그 책이 마음에 들었다면 그 책이랑 비슷한 책을 또 기웃거려 보는 거죠. 그 작가를 조금 더 깊이 파 보는 것도 좋아요. 최애하는 작가가 생긴다면 이건 좋은 징조예요. 저도 그렇게 애정을 갖고 신간이 나올 때마다 챙겨 보는 작가들이 있어요. 소설가도 있고 고전평론가, 에세이 작가, 과학자, 철학자도 있어요. 그분들이 신간을 내면 무조건 믿고 보죠. 이렇게 내가 마음에 드는 책들을 조금씩 모아 나만의 서가를 채워 보세요.

베스트셀러 순위에 오르는 책만 잘 팔리는 사회, 베스트셀러가 아닌 책들은 초판 부수조차 팔리지 않는 사회는 건강하지 못한 것 같아요. 물론 베스트셀러인 작품들이 나쁘다는 건 아니에요. 흥미롭고 좋을 때도 많죠. 하지만 베스트셀러 이외의 책들도 두루두루 팔렸으면 좋겠어요. 그렇게 다양한 책이 다양한 방식으로 읽히고 소통된다면 우리 삶이, 그리고 우리 사회가 더 풍성해질 테니까요.

책보다 더 흥미로운 것이 널렸는데 왜 책을 읽어야 하냐고요? 그렇다면 책보다 더 흥미로운 것을 하세요. 영화도 좋고 웹툰도 좋고 넷플릭스도 좋아요. 하지만 어떤 영화를 보다가 그 영화의 원작 소설을 읽고 싶을 때, 좋아하는 사람이 생겨서 사랑과 심리학을 알고 싶을 때, 좀 더 자세히 알고 싶은 분야가 생겼을 때, 그때 끌리는 책을 잡고 펼치면 돼요. 어떤 것을 좋아하고 사랑하는 사람이라면 분명 그 여정에서 한 번쯤은 책을 만나게 될 거라고 믿어요. 좋아함의 여정은 책으로 이어지게 되어 있답니다.

그런데요, 책은 정말 위험한 물건이긴 해요. 이 말에 동의하나요? 한 권의 책을 만나 인생이 바뀐 사람들이 꽤 있거든요. 어떤 책을 읽고 나면 우리는 절대 '그 책을 읽기 전의 나'로 돌아갈 수 없거든요.

학교 시험을 잘 보기 위해서 읽는 책과 인생을 잘 살기 위해서 읽는 책은 다른 것 같아요. '나는 누구인가?', '어떻게 살 것인가?', '잘 사는 인생은 무엇인가?' 이런 질문들에 답을 찾기 위해 탐색하고 진지하게 고민하는 과정에서 만나게 되는 책들은 우리 삶을 송두리째 흔들기도 해요. 진실로 강력한 힘을 발휘하기

도 하고요. 그걸 한 번이라도 경험해 본 사람은 책이 얼마나 영
향력이 세고 위험한 물건인지 동의할 거예요. 그 매력에 한 번
빠지면 헤어 나올 수 없답니다. 진짜로요.

인생은
장기전이다~

Q. 빨리 성공해서 사람들이 부러워하는 삶을 살고 싶어요. 실패하지
않고 서른 살이 되기 전에 자리를 잡으려면 어떻게 해야 할까요?

    A. 성공은 뭘까요? 어떻게 살아야 남들이 부러워하는 삶을
사는 걸까요?

    강연을 할 때, 성공이 뭐라고 생각하느냐고 친구들에게 물어
보면 매번 비슷한 대답들이 돌아왔어요. 좋은 직업을 갖는 것,
돈을 많이 버는 것, 좋은 사람을 만나 결혼하는 것, 남들의 인정

을 받는 것 등이요. 그럼 언제쯤 성공하고 싶으냐고 다시 물어 봐요. 20대라고 생각하는 사람은 손 들어 보라고 하면 30%의 친구들이 손을 들어요. 30대라고 생각하는지 물으면 또 30%의 친구들이 손을 듭니다. 40대? 확 줄어들죠. 50대? 거의 손을 들지 않아요.

그럼 이 타이밍에 다른 질문을 던져 봐요. '사람의 뇌는 언제 가장 활발하고 지혜로울까요?' 20대? 역시나 많은 친구들이 손을 들어요. 30대? 역시 많이 손을 들어요. 40대? 거의 손을 들지 않아요. 50대는 전멸이에요. 흠, 과학적 진실은 무엇일까요?

뇌과학자들의 연구에 따르면 우리의 뇌는 50대에서 60대 때 가장 성숙하고 지혜롭다고 해요. 최고의 결과물을 세상에 내보일 수 있는 적기는 20대, 30대가 아니라 50대, 60대라는 거죠. 놀라운 사실 아닌가요?

20대나 30대에 큰 성취를 거두는 인생도 나쁘지 않죠. 문제는 그 시기에 큰 성취를 거두는 인생이 많지 않을뿐더러 이른 성취만이 인생의 정답은 아니라는 사실이에요. 과거 조상들은 '소년등과'를 경계했어요. 너무 어린 나이에 벼슬길에 오르는 게 좋지 않다는 걸 알았던 거죠. 우리가 기억하는 위인들도 대부분 어린 시절부터 천재 소리를 듣던 사람들이 아니에요. 이순신 장

군은 서른 살이 지난 나이에 무관 시험에 합격했고, 공자는 늦은 나이까지 벼슬길에 오르지 못했죠. 천재과학자 아인슈타인도 일곱 살 때는 간단한 심부름도 정확하게 하지 못할 정도로 인지 발달이 뒤떨어졌다고 해요.

조급증에 빠지면 일이 잘 풀릴 수가 없더라고요. 좀 느긋하게 가더라도 제대로 된 방향으로 가는 게 낫습니다. 대부분의 사람들에게 20대는 내가 어떤 사람인지 알아가는 시기이지 성취하거나 결과를 얻는 시기가 아니더라고요. 몇 살까지는 뭐가 되어야 하고, 몇 살까지는 집을 사야 하고, 몇 살까지는 결혼을 해야 하고……. 이러한 세상의 기준을 잠시 내려놓고 나만의 속도를 찾는 데 집중했으면 좋겠어요. 가장 중요한 것은 내 마음의 소리를 듣는 거예요. 내 마음이 어떤 이야기를 하는지 잘 모르기 때문에 많은 사람들이 세상의 기준과 남들이 정한 기준만 바라보는 거 아닐까요.

맞아요. 우리는 과정보다 결과를 중시하는 사회에 살고 있어요. 결과만 좋으면 다 용서가 되는 분위기인데 이게 과연 정의로운 건지 모르겠어요. 결과를 위해 불행한 과정을 인내해야 한다면 행복할 수 있을까요? 시험 성적이 나오면 우리는 성적표만 들여다보죠. 그 전에 내가 이번 시험 기간에 스스로에게 부끄럽지 않을 정도로 노력했는지 물어보지 않는 것 같아요. 만약 과정에서 최선을 다했다면 이번 시험 결과가 좋지 않더라도 걱정할 필요 없어요. 분명 다음에는 성적이 오를 테니까요. 그리고 과정에서 최선을 다한 기억은 내 안에 오롯이 남아 있거든요. 최선을 다한 기억과 경험을 갖고 있는 사람은 사회에 나가 어떤 일을 해도 잘 해낼 수 있거든요.

링컨 대통령이 이런 말을 했다고 해요.

"내게 나무를 벨 수 있는 8시간이 주어진다면 6시간은 도끼를 벼는 데 쓸 것이다."

이 말이 바로 와닿나요? 나무를 베라는 미션이 떨어지면 우리는 무작정 도끼로 나무를 베는 일부터 시작하곤 해요. 금방 벨 수 있을 거라고 생각하고 덤비지만 일이 풀리지 않을 때가 많죠. 준비 과정을 무시하고 무작정 결과를 보려고 덤벼들었으니 당연해요. 그런데 어떤 사람은 미션이 떨어져도 세월아 네월아 도끼를 가는 거예요. 사람들은 베짱이 심보라며 손가락질을 하겠죠. 그렇지만 막상 도끼가 잘 벼려지면 어떤 일이 벌어질까요? 그 사람은 금방 나무를 벨 수 있을 거고 누구보다도 뛰어난 결과를 낼 수 있을 거예요.

창피하지만 저 또한 그랬어요. 작가지망생 시절 가슴속에 울분이 가득했어요. 몇 년 애를 쓰면 당장 결과를 얻을 거라고 착각했던 거죠. 지금 생각해 보면 참 부끄러워요. 기본기를 쌓을 생각은 안 하고 상을 받은 생각만 잔뜩 하고 있었으니까요. 과정에 집중하지 않고 결과만 목 빠지게 기다리고 있었으니까요.

인생은 생각보다 길어요. 인생을 길게 바라보는 연습을 해 두세요. 조급증에 빠진 사회에서 흔들리지 않으려면 꼭 필요한 연습이라고 생각해요. 서른 살이 되기도 전에 어마어마한 결과를 얻는 사람은 많지 않아요. 그리고 설사 일찍 성공할 수 있다고 해도 그게 행운인지, 불운인지 알 수 없는 거예요. 이른 성공이 득이 될지, 독이 될지는 더 살아 봐야 알 수 있는 거 아닐까요. 일찍 정상에 오르면 그만큼 남들보다 일찍, 그리고 더 오래 내리막길을 걸어야 하니까요.

2장

청춘에게 말하다

- 강연 이야기

강연을
준비하며

　강연을 준비하면서 처음으로 내가 청소년들에게 말하고 싶은 것이 무엇인지를 되돌아보았다. 지금까지 살아오면서 많은 이야기를 듣고 많은 책을 읽었다. 그 덕분에 나라는 사람을 이루게 되었지만, 과연 그것들을 진짜 나라고 할 수 있을까. 내가 내뱉을 수 있는 진짜 나다운 말이 내게 있긴 할까.

　십 대와 이십 대를 되돌아보면 나는 나를 사랑하지 못했고 세상의 기준에 걸려 매번 휘청거렸다. 하고 싶은 일이 무엇인지 매번 헷갈렸고, 하고 싶은 것과 해야 하는 것 사이에서 방황했다. 나 자신을 쉽게 미워했고 남을 자주 원망했다. 사랑보다는 미움과 분노의 힘으로 버티는 순간들이 많았다.

그 터널같이 어둡고 외로웠던 시기를 건너는 동안 나는 늘 멘토를 찾아다녔다. 하지만 멘토는 존재하지 않았다. 어떤 한 사람이 나를 구원해 주리라는 생각은 위험한 것이었다. 위태로운 나를 붙들어 준 것은 무엇이었을까. 내가 좋아했던 글쟁이들의 글, 힘겨운 순간마다 내 이야기를 들어 준 친구들, 진심 어린 조언을 아끼지 않은 사람들의 말, 울분을 쏟아 내기 위해 써 내려갔던 일기들, 그리고 나도 모르는 사이에 차곡차곡 쌓인 시간의 힘.

청소년 친구들을 만날 때마다 하고 싶은 말이 차고 넘친다. 자칫 말의 향연에 나 홀로 빠져 나의 진심이 제대로 전달되지 않으면 어쩌나 걱정이 앞선 날도 많았다. 긴장되는 마음을 가라앉히고 말을 시작한다. 강연이 진행될수록 의욕이 넘쳐 말은 빨라지기 일쑤다. 간혹 졸거나 지루해하는 표정을 마주하면 순간 의기소침해지기도 했지만 고맙게도 늘 눈빛을 반짝이며 이야기를 들어 주는 친구들이 꼭 있었다.

하고 싶은 말이 많았다. 나의 진심이 조금이라도 가닿기를 간절히 바랐다. '진심'을 다하고 오자. 그것이 매번 강연을 가기 전 내가 조용히 품는 결심이었다. 집중하며 이야기를 들어 주는 친구들을 만나고 오면 엔도르핀이 샘솟았다. 다음번에는 더 잘해야지, 더 진심을 다해 말해야지. 그렇게 숱한 다짐을 했다. 친구들에게 중요하고도 귀한 이야기를 해 주고 싶었다. 이 나이 먹도록 내가 깨달은 것이 조금이라도 있다면 그것을 전하고 싶었다. 소중하게 품어 온 진실이 조금이라도 있다면 그것을 그들의 손에 곱게 쥐어 주고 싶었다.

몰입해서 열정적으로 이야기하는 시간을 나 또한 진심으로 즐겼다. 친구들에게 미약하게라도 영향을 주고 싶은 마음이 똘똘 뭉쳐 내는 에너지로 강의가 끝날 때까지 펄펄 날아다녔다. 강연을 하는 동안 나는 뜨겁게 달아올라 내가 다음에 무슨 말을 할지 알지 못할 때도 많았다. 그런데도 나는 굉장히 오랫동안 이 시간을 기다려 온 사람처럼 유려하고 능숙하게 강연을 진행하고는 했다. 스스로가 생각해도 놀라운 지점이었다. 강의가 모두 끝나면 그제야 후련함과 함께 엄청난 피로와 고단함을 느꼈다.

친구들의 반응에 따라, 강의실 상황에 따라 강의 내용은 저절로 달라졌다. 글이 아니라 말이기 때문에 그럴 수밖에 없었다. 강연 도서에 따라 강연의 주제나 구성이 조금씩 다르기도 했다. 앞으로도 나의 강연은 계속 달라질 것이다. 세상이 빠르게 변하고 있고 나라는 사람 또한 계속 변하기 때문이다.

그럼에도 불구하고 꼭 전하고 싶은 이야기의 핵심은 비슷했다. 지금까지 강의를 하면서 핵심적으로 전하려고 했던 메시지들을 정리해 보았다.

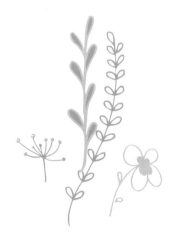

이상하고 아름다운 나의 사춘기

주체적인
삶을 위하여

안녕하세요. 오늘 제가 여러분에게 들려주고 싶은 이야기의
핵심은 이거예요.

주인으로 살 것인가, 노예로 살 것인가.

주인으로 산다는 건 무엇이고, 노예로 산다는 건 또 무엇일
까요? 사회는, 어른들은, 부모님은 여러분들이 주인으로 살기를
바랄까요? 아니면 노예로 살기를 바랄까요?

제가 쓴 소설 『싸이퍼』의 주인공은 두 사람이죠. 자신감 가득하고 허세 많은 중2 도건이와 자기가 재능이 있는지 의심하는 자퇴생 정혁이에요. 둘은 래퍼가 되고 싶어 해요. 두 친구는 적어도 노예로 살지 않기 위해 꿈을 찾았고 그 꿈을 위해 매 순간 노력합니다. 그래서 저는 두 친구가 마음에 들었어요.

래퍼들은 랩을 할 때 비트에 맞춰 고개를 끄덕인다. 손목의 스냅을 이용해 손을 끄덕이기도 하고 지휘하는 사람처럼 두 손을 저어 랩의 느낌을 전달하기도 한다. 래퍼들이 고개를 끄덕이면서 랩을 하는 게 좋았다. 그 모습이 세상을 긍정하는 것처럼 느껴졌다. 지휘자처럼, 또는 수화하는 사람처럼 손으로 그림을 그리는 모습에선 세상과 소통하고 싶은 자의 간절함이 느껴졌다. 욕설을 섞어 가며 과격한 손동작을 하는 래퍼들을 볼 때 세상을 뒤바꾸고 싶어 하는 투사의 모습이 겹쳐 보이기도 했다. 그렇게 나는 랩을 하면서 조금 더 나은 인간이 되기를 바랐다.

_『싸이퍼』, 탁경은, 사계절

왜 래퍼들을 주인공으로 내세워 랩에 대한 소설을 썼는지 많이들 궁금해했어요. 실제로 랩을 하느냐고 물으면서 눈을 반짝이는 친구들도 있었죠. 실망을 안기는 대답이겠지만 랩이나 힙합 문화에 대해 잘 아는 것도 아니면서 이런 소설을 썼습니다. 이 소재와 아이디어를 선택했다기보다 제가 선택당한 느낌이었어요. 이렇듯 소설의 출발이 되어 주는 씨앗이 저를 찾아오는 경우가 많답니다. 어쨌든 이런 소재가 저를 찾아온 이유가 궁금해서 스스로에게 차분히 물어봤어요. '소설가와 래퍼의 공통점은 무엇일까?'

소설가와 래퍼 모두 하고 싶은 말이 있는 사람들이에요. 자신이 하고 싶은 이야기를 창작하는 사람들이고요. 소설가와 래퍼가 되고 싶은 사람들은 굉장히 많은데 그에 비해 경제적으로 크게 성공하는 소설가와 래퍼는 많지 않다는 공통점도 있어요. 생각할수록 의외로 공통점이 많더라고요. 저는 래퍼들의 몸동작에서 세상과 소통하고 싶은 간절함을 느꼈고 그 간절함은 모든 글쟁이들도 품고 있는 것이었죠. 그래서인지 저는 래퍼들을 보며 친근감을 느꼈어요. 그들이 조금 과격하거나 무모할 때도 멋져 보이더라고요.

주인으로 산다는 것은 주체적으로 결정하고 책임지는 삶을 산다는 거죠. 남과 나를 함부로 비교하지 않고 남의 시선에 끌려다니지 않는 거예요. 사회가 만들어 놓은 기준보다 내가 만든

기준을 더 중요하게 생각하는 거예요. 그런데 우리가 주인으로
살겠다고 결심하는 순간, 사람들은 모진 말을 늘어놓습니다.

　　내가 래퍼가 되고 싶다고 했을 때 많은 사람들이 말렸다.
그들이 하는 말은 놀랍도록 비슷했다. 내가 모르는 사이에
그들끼리 무언의 약속이라도 한 것처럼.
　　네가 랩을? 그냥 평범하게 살아. 대학 졸업장이 있어도
먹고살기 어려운 시대야. 정신 차려. 네가 뭐 특별한 줄 알
아? 무슨 증거로 네가 특별하다는 거야? 그런 일 하면서 밥
먹고 사는 사람들은 따로 있는 거야. 하늘이 내려준 재능 같
은 게 있는 거야. 천재 몇 명이 성공하는 거야. 얼마나 많은
사람들이 성공한 사람 밑에 깔려 있는 줄 알아? 우리는 성
공한 사람들만 보기 때문에 그들의 존재를 모르는 거야. 그
들은 천재를 받쳐 줄 뿐이야. 재능이 없다는 사실을 깨닫고
다시 이 세계로 돌아오려고 하면 그땐 늦은 거야. 그냥 루저
로 평생을 사는 거라고.

_『싸이퍼』, 탁경은, 사계절

주변 사람들이 아주 단호하게 말할 겁니다. 분수를 알라고.
튀지 말라고. 조용히 살라고. 대세를 따르라고. 아무나 자기가

좋아하는 일을 하는 게 아니라고 말이죠. 그 말을 듣고도 흔들리지 않을 수 있는 사람이 몇 명이나 될까요?

주인으로 살기 위해서는 세 가지 조건이 필요해요.

첫째, 나만의 소중한 꿈을 품고 있을 것.
둘째, 나 자신을 알고 사랑할 것.
셋째, 사회가 어떻게 변화하고 있는지 넓게 바라볼 것.

꿈이 없는 사람은 절대 주인으로 살 수 없어요. 그만큼 꿈은 소중한 겁니다. 자, 여러분 중 꿈이 있는 사람 손 들어 볼까요? 오, 많네요. 앞에 앉은 친구, 꿈이 뭐죠? 경찰관이요? 좋죠. 안경을 낀 친구, 꿈이 뭐죠? 로봇공학자요? 멋지네요.

자, 그런데 여러분. 저는 여러분께 꿈을 물어봤는데 여러분은 전부 '직업'을 답했어요. 과연 꿈과 직업은 같은 걸까요? 직업이 아닌 다른 것들은 꿈이 아닐까요?

꿈과 직업은 다를 수 있다

어떤 친구의 꿈이 세계 곳곳을 여행 다니는 거라고 해 봅시다. 이 친구는 꿈이 없는 걸까요? 또 다른 친구는 지금보다 조금이라도 사회를 좋게 만들고 죽는 게 꿈이라고 해 봅시다. 이 친구의 꿈은 꿈이 아닌가요? 오늘 집에 가서 새로운 요리를 시도해 가족들과 함께 먹고 싶다. 이건 꿈이 될 수 없을까요?

우리는 꿈과 직업을 같다고 생각하죠. 아마 어른들이 그렇게 생각하기 때문에 여러분도 저절로 그런 생각을 지니게 된 것 같아요. 어떤 분이 쓴 아이슬란드 여행기를 읽었는데요. 아이슬란드 사람들은 아이들에게 "네 꿈은 뭐니?", "앞으로 너는 뭐가 되고 싶니?"라고 묻지 않는대요. 그렇다면 아이들에게 어떤 말을 묻느냐고요? 바로 이겁니다.

"지금 하고 싶은 게 뭐니?"

우리는 현재보다 미래를 중시하고 있는 건 아닐까요? 지금, 당장, 오늘 하고 싶은 일을 미루고, 보이지 않는 미래를 위해 현재를 희생하는 걸 당연하게 생각하고 있지 않나요? 지금 내가 하고 싶은 것이 무엇인지 분명히 아는 사람은 그렇지 못한 사람에 비해 더 즐거운 하루를 보낼 수 있다고 전 믿어요.

제 꿈은 작가가 되는 거였고, 결국 작가가 됐어요. 사람들이 말하는 '꿈'을 이룬 거죠. 그렇다면 앞으로 저는 꿈이 없을까요? 죽을 때까지 죽 꿈 없이 살아야 하는 걸까요? 하지만 전 여전히 꿈이 많습니다. 가 보고 싶은 곳이 있고, 해 보고 싶은 일이 아직 많아요. 꿈이 없고, 하고 싶은 게 없고, 배우고 싶은 게 없고, 보고 싶은 것 없이 산다면 산다는 것은 얼마나 지루하고 뻔할까요?

대전의 한 중학교에 강연을 갔을 때의 일이에요. 한 친구가 저에게 꿈이 무엇이냐고 수줍게 물었어요. 제 꿈을 물어봐 줘서 고맙고 뭉클하더라고요. 다행히 아직도 꿈이 많은 저는 조잘조잘 대답했죠. 쓰고 싶은 글도 많고, 읽고 싶은 책도 많다고. 가 보고 싶은 곳이 있고, 함께 수다를 떨고 싶은 사람들이 있고, 먹고 싶은 음식들이 끝도 없다고. 제 마지막 꿈은 이겁니다. 지금까지 썼던 글보다 더 멋진 글을 쓰는 것, 어제보다 오늘 더 나은 사람이 되는 것. 그러니 제 꿈은 죽을 때까지 현재진행형일 거예요. 아마도요.

누군가가 물어요. "넌 꿈이 뭐니?" 그럴 때 당황하지 마세요. 꿈이 없다고 큰 목소리로, 당당하게 대답해도 돼요. 지금 꿈이 없는 건 이상한 일이 아니에요. 여러분은 꿈을 찾아가는 시기니까요. 되고 싶은 직업이 없다고 "꿈이 없어요"라고 대답하는 대신 지금 당장 하고 싶은 걸 이야기해 보면 어떨까요?

강의 후 친구들에게 사인을 해 줄 때가 있는데요. 책에 이름을 써 주며 종종 물어보거든. 누구누구는 꿈이 뭐니? 그러면 여전히 많은 친구들이 직업을 이야기해요. 아니면 "아직 꿈이 없어요", "못 찾았어요"라고 이야기하기도 하고요. 그런데 제 가슴을 환하게 만들어 주는 친구들이 꼭 있어요. "세계 여행을 가는 거요"라고 대답하는 친구, "독립해서 고양이를 키우는 거요"라고 말하는 친구, "옆에 있는 친구랑 영원히 친구하는 거요"라고 대답하며 수줍게 미소 짓는 친구들을 만나면 기분이 마구 좋아져요.

자, 지금까지 나온 이야기를 다시 정리해 볼까요? 꿈과 직업은 같은 말일까요? 아닐 수도 있어요! 그러니 누군가 꿈을 물어보면 머릿속에 떠오르는 직업들을 잠깐 내려놓고 내가 지금 당장, 혹은 훗날 몹시도 하고 싶은 일이 뭔지 생각해 보세요. 작고 사소한 것도 좋아요. 아주 터무니없고 우스꽝스러운 일도 좋아요. 여름 방학 때 아이스크림 백 개 먹기, 이런 꿈은 어때요? 너무 귀엽지 않나요?

이상하고 아름다운 나의 사춘기

꿈은 다양할수록 좋은 것 같아요. 내가 찾은 꿈 열 개가 옆자리 친구의 것과 같을 수는 없을 거예요. 나만의 꿈, 나의 개성이 담긴 꿈, 오래도록 품을 수 있는 꿈, 오늘 당장 시도할 수 있는 꿈을 찾아보세요. 다양하고도 멋진 꿈을 품어 보세요. 누구의 눈치도 보지 마시고요. 내 마음대로!

자존감, 나를 알고 사랑할 것

여러분은 스스로가 마음에 드나요? 내 자신이 참 마음에 든다, 한 번 손 들어 볼까요? 와, 많은 친구들이 손을 드네요. 좋아요. 오늘 손을 들지 못한 친구들은 의기소침할 거 없어요. 여러분은 아직 자기를 진심으로 사랑하는 게 어려운 나이거든요. 그러니 자신이 마음에 들지 않는 게 실은 당연한 거예요. 어제는 내가 마음에 들었지만 오늘은 마음에 들지 않을 수도 있고요. 저도 그랬어요. 십 대 때의 저는 제가 마음에 들지 않아 정말 힘들었거든요. 하나부터 열까지 다 마음에 안 들고 못마땅했어요.

나 자신과 평화롭게 알콩달콩 잘 지낸다. 쉬운 말 같지만 그렇지 않아요. 그런데 내가 죽는 순간까지 가장 오랫동안 함께 할 사람은 누구일까요? 부모님일까요? 친구나 애인일까요? 바로 나죠! 그러니 나와 잘 지내고 혼자 있는 시간을 좋아하는 것은 참 중요한 일 같아요. 나와 친하게 지내고 내가 제법 마음에 든다면 그만큼 행복도도 높아지지 않을까요?

좋아요. 나 자신과 잘 지내는 게 중요하고 소중하다는 걸 잘 알겠어요. 그런데 나 자신과 잘 지내려면 어떻게 해야 할까요?

내가 나와 잘 소통하고 내가 제법 마음에 든다. 그걸 '자존감' 이라고 해요. 여러분도 많이 들어 본 단어일 거예요. 자존감이란 대체 뭘까요? 자존감에 대해 좀 더 설명해 볼게요.

- 내가 바라보는 나
- 남이 바라보는 나
- 남에게 보여지고 싶은 나

자, 여기 내가 바라보는 내가 있어요. 스스로가 어떻게 보이나요? 어떻게 느껴지나요? 다음으로 남이 바라보는 내가 있어요. '내가 바라보는 나'와 '남이 바라보는 나'는 같은가요? 다를 때도 많죠. 오늘 나는 내가 마음에 들지 않아요. 엉망진창인 것 같고 못마땅해요. 그런데 친구는 내 어깨를 탁 치면서 이렇게 말할 수 있죠. "야, 너 오늘 무슨 좋은 일 있어?" 이때 '내가 바라보는 나'가 '남이 바라보는 나'보다 중요하다는 느낌, 그게 자존감이에요. 남이 나를 뭐라고 욕하든 칭찬하든 휘청거리지 않고 "괜찮아", "나 지금 잘하고 있어"라고 스스로에게 말해 줄 수 있는 상태예요. 이렇듯 자존감이란 내가 나를 존중하는 거예요.

자존감이 높은 사람은 '내가 바라보는 나'가 튼튼해요. 그래서 '남이 바라보는 나' 혹은 '남에게 보여지고 싶은 나'를 덜 신경 쓰죠. 자존감이 높은 사람에게 중요한 사람은 오직 자기 자신이에요. 그러니 남이 자기에 대해 뭐라고 떠들든 그러려니 해요. 자존감이 높은 사람은 남에게 잘 보이고 싶어 하지도 않아요. 그냥 있는 그대로의 자기 자신을 보여 주죠. 그게 자연스러운 일이라고 생각해요.

아침에 집을 나와 학교로 향하는데 양말에 구멍이 났어요. 어쩌죠? 집으로 돌아가 양말을 갈아 신을까요? 아니면 그냥 학교에 갈까요? 자존감이 높은 사람은 그냥 학교로 갈 수 있어요. 왜냐하면 남들이 자기 양말에 관심이 별로 없다는 걸 잘 알거든요. 사람들은 생각보다 남에게 관심이 없거든요. 그런데 남의 시선이 중요한 사람은 집에 돌아가 양말을 갈아 신을 확률이 높겠죠. 그런데 여러분 중에 지난주 월요일 담임선생님이 입고 온 옷을 기억하고 있는 사람 있나요? 우리는 어제, 지난주에 친구가 어떤 양말을 신었는지 기억하지 못해요. 그만큼 관심도 없고 그걸 다 기억할 만큼 뇌가 한가롭지도 않거든요.

내가 나를 바라볼 때는 늘 형편없어 보여요. 잘하는 것도 없고, 친구도 별로 없고, 칭찬을 들은 적도 없죠. 그런데도 남에게 보여지고 싶은 나는 아주 멋진 사람이었으면 좋겠어요. 그래서 내가 걸어가면 사람들이 우아! 하고 감탄해 주거나 존경의 눈길로 바라봤으면 좋겠어요. 이럴 경우 '내가 바라본 나'와 '남에게 보여지고 싶은 나'의 괴리가 크죠. 이 차이를 견디지 못하면 어떻게 될까요? 내가 바라본 나는 하찮고 작은데 남에게 큰 사람으로 보이고 싶으니까 잘난 척을 하거나 '허세'를 부리게 되겠죠. 이건 자연스럽지 못한 상태라 무리를 할 수밖에 없어요. 자기 자신에게도, 남에게도 솔직하지 못한 거고요.

그냥 나이를 먹고 어른이 되면 자존감이 바로 높아질까요? 아니더라고요. 제가 아는 많은 어른들이 자신을 잘 모르더라고요. 아직도 자신과 잘 지내지 못하더라고요. 그러니까 자존감은 시간이 지난다고 거저 생기는 게 아닌 것 같아요. 그럼 노력하면 자존감을 높일 수 있느냐고요? 네! 그렇다고 생각해요. 그걸 어떻게 확신하느냐면 바로 제가 직접 경험해 봤기 때문이에요. 제 이십 대는 바닥이었던 자존감을 높이려고 발버둥 치는 시기였거든요. 그렇게 애쓰고 노력하면서 조금씩 제 자존감이 예전보다는 조금쯤 높아졌다고 믿거든요.

어떻게 하면 자존감을 높일 수 있을까요? 좀 더 구체적인 팁을 알고 싶나요? 몇 가지 팁을 슬쩍 공유할게요.

첫째, '나'를 탐구할 것.

자존감을 쌓으려면 먼저 '나'와 친해져야 해요. 내가 어떤 사람인지 아는 건 쉽지 않은 일이죠. 그래서 유명한 철학자 소크라테스는 뭐라고 했죠? 네, 맞아요. "네 자신을 알라"라는 말을 했죠. 우리는 어쩌면 죽을 때까지 내가 어떤 사람인지 속속들이 다 알지 못할 수도 있어요. 그렇지만 적어도 내가 어떤 사람인지 어렴풋하게 아는 게 좋다고 생각해요. 10대와 20대는 그걸 알아가는 시기고요.

- 나는 무엇을 할 때, 누구와 함께 있을 때 가장 기쁜가?
- 내가 좋아하는 것, 싫어하는 것, 잘하는 것, 못하는 것, 존경하는 것, 경멸하는 것은 무엇인가?
- 내가 닮고 싶은 사람은 누구인가?(나의 롤모델은?)
- 만약 로또에 당첨된다면, 혹은 5년 후 죽는다면 나는 지금 무엇을 할 것인가?

이면지를 반으로 접어 보세요. 한 쪽에는 나의 장점을, 다른 쪽에는 나의 단점을 써 보는 거예요. 혼자서 다 채우기 어려우면 부모님이나 친구들에게 물어보세요. 나를 사랑하는 사람들이 바라보는 내가 가끔 더 정확할 때도 있거든요. 그리고 다른 종이를 또 반으로 접고 내가 진짜 좋아하는 것, 내가 진짜 싫어하는 것을 적어 보세요. 하루 만에 다 찾겠다고 생각하지 말고 조금씩 채워 나간다면 나 자신을 조금 더 이해할 수 있지 않을까요?

나와 친해지는 가장 빠른 길은 일기를 쓰는 거예요. 일기를 쓰면 내 내면에 어떤 생각들이 숨어 있는지 알 수 있어요. 혼잣말을 하는 것도 좋아요. 가장 친한 친구와 마음껏 수다를 떠는 것도 좋고요.

그런데 지금 내가 좋아하는 것과 싫어하는 것이 일 년 후에도 같을까요? 그럴 수도 있지만 아닐 수도 있어요. 세상 모든 사람이 그러하듯 나도 시간과 함께 조금씩 변화하고 달라질 거거든요. 그러니 6개월 후나 일 년 후에 내가 무엇을 좋아하고 싫어하는지, 무엇을 잘하고 못하는지 다시 물어봐 주면 좋을 것 같아요.

둘째, 절대 비교하지 말 것.

무슨 일이 있어도 다른 친구와 자신을 비교하지 마세요. 저도 비교하는 습관 때문에 학창 시절에 늘 괴로웠어요. 잘난 친구와 비교하며 스스로 자책하는 순간도 많았고요. 그런데 비교하는 버릇을 없애면서 행복도가 정말 높아졌어요. 비교는 정말 나쁜 습관이에요. 무슨 수를 써서라도 고쳐야 해요.

벚꽃은 3월에 꽃을 피워 내고, 장미는 5월에 꽃을 피우고, 배롱나무는 8월에 꽃을 피워요. 누군가가 장미 보고 "야, 왜 너는 3월에 안 피었어?"라고 혼을 낸다고 생각해 보세요. 얼마나 이상한 말인가요? 우리는 생김새도 다르고 각자 잘하는 것도 달라요. 나는 체육을 못하지만 영어는 잘할 수 있죠. 내 단짝은 수학은 못하지만 음악은 잘할 수 있어요. 모든 것을 다 잘하는 게 좋은 것만도 아니에요. 자기 분야에서 두각을 나타낸 사람들은 자신이 잘하는 것 하나에 집중하고 강점을 강화한 사람들이라고 해요.

제 두 번째 장편소설 『사랑에 빠질 때 나누는 말들』의 목차 중에서 제가 가장 좋아하는 문장은 바로 이거예요. "저마다의 빛깔로 아름다운"

친구들은 각자의 개성을 머금고 빛난다. 각자 품고 있는 색깔이 다르고 표현할 수 있는 색감도 다르다. 자기의 색을 아직 발견하지 못했지만 찾으려고 노력하는 친구도 있고, 자기가 어떤 색깔의 사람인지 전혀 궁금해하지 않는 친구도 있다.

_『사랑에 빠질 때 나누는 말들』, 탁경은, 사계절

'다중 지능'이라는 말 들어 봤나요? 『다중 지능』(웅진지식하우스)이라는 책에서 하워드 가드너는 인간의 지능을 IQ 하나로 바라보지 않고 여러 종류의 지능으로 바라보았어요. 한번 살펴볼까요?

- 언어 지능

- 논리-수학 지능

- 음악 지능

- 자연 탐구 지능

- 신체-운동 지능

- 시간-공간 지능

- 대인 관계 지능

- 개인 내적 지능

- 실존적 지능

이 다양한 지능이 우리 모두에게 잠재되어 있다는 것이 '다중 지능 이론'이에요. 어떤 지능 지수가 높으면 다른 것이 가려져서 잘 나타나지 않을 수 있다고 해요. 가령 운동 선수는 신체-운동 지능이, 가수는 음악 지능이, 저는 언어 지능이 높겠죠. 중요한 것은 나에게 어떤 지능 지수가 높은지를 파악하고 발견하는 겁니다.

내 옆에 있는 친구나 전교 1등과 나를 비교하는 것이 아니라요.

셋째, 작은 목표를 세우고 스스로를 칭찬할 것.

여기에서 중요한 것은 '작은' 목표예요. 절대로 큰 목표가 아니에요. 우리는 어떤 일을 하든 커다란 목표 세우기를 좋아해요. 영어 공부를 예로 들면 당장 토익 900점대를 목표로 하죠. 다이어트 목표를 세울 때도 불가능한 숫자를 꿈꿔요. 그렇게 커다란 목표를 세우면 금방 지칠 수밖에 없어요. 우리에게 필요한 것은 아주 작은 목표예요.

달리기를 예로 들어 볼까요? 한 번도 달린 적 없던 내가 당장 5킬로미터를 달릴 수는 없는 노릇이에요. 일단 오늘은 100미터를 달려요. 내일 200미터, 모레 300미터… 이렇게 조금씩 목표를 늘려 가면 돼요.

위대한 성과는 소소한 일들이 모여 조금씩 이루어진 것이다.

_빈센트 반 고흐

여기에서 가장 중요한 키포인트는 내가 그 작은 목표를 해냈을 때 꼭 칭찬하는 거예요. 누가 누구를요? 내가 나 자신을요.

우리는 칭찬이란 남에게 듣는 거라고 생각하는데 그렇지 않아
요. 나 스스로 얼마든지 칭찬해 줄 수 있고 그 칭찬이 쌓이면 저
절로 자존감이 높아져요.

이외에도 자존감에 도움이 되는 활동은 많아요. 운동을 꾸준
히 하는 것도 참 좋아요. 땀을 흘리고 몸을 쓰면 기분이 좋아지
고 내가 멋지게 느껴지거든요. 기회가 된다면 봉사나 기부도 꼭
해 보세요. 용돈을 모아 굶주림과 내전과 가뭄에 시달리는 아프
리카 어린이들을 위해 기부를 해 보세요. 내가 정말 괜찮은 사
람이라고 느끼게 될 거예요.

그렇다면 자존감을 튼튼하게 만드는 것이 강하고 단단한 사
람이 되자는 뜻일까요? 그건 아닌 것 같아요. 제 두 번째 장편소
설『사랑에 빠질 때 나누는 말들』목차 중 이런 문장이 있어요.
"연약한 마음을 잘 지키는 것"

문득 이런 생각도 들었어요. 누구에게 상처받으면 울기도
하고 칭찬받으면 헤헤거리기도 하고 그렇게 연약한 마음을
잘 지키는 것도 나쁘지 않겠다. 강한 사람이 되는 것만큼이
나 약한 사람이 되는 것도 나쁘지 않겠다.

_『사랑에 빠질 때 나누는 말들』, 탁경은, 사계절

마음이란 것은 단단하고 강철 같은 것이 아니라 연약하고 말랑말랑한 것이에요. 우리는 작은 것에도 잘 상처받고 서운함을 느끼고 우울해지곤 하죠. 그건 내가 이상하거나 잘못된 게 아니에요. 마음이 원래 그렇게 생겨 먹어서 그런 거죠.

제가 생각하는 진정한 자존감이란 강인해서 어떤 일에도 상처받지 않는 상태가 아니에요. 오히려 잘 상처받고 쉽게 연약해지는 내 마음을 있는 그대로 돌봐 주는 마음이에요. 그 어느 때보다도 내가 연약해지고 약해졌을 때 "그럴 수 있어", "괜찮아"라고 말해 주고 껴안아 줄 수 있는 마음이에요. 약해지고 절망에 빠져 있는 나를 덜 미워하고 한 번 더 손을 내밀어 주는 그런 마음이에요.

더 나아가 제가 생각하는 진짜 자존감은 내가 소중한 것처럼 내 앞에 있는 다른 사람도 소중하게 다루는 마음이에요. 물론 우리는 누구나 내가 가장 소중해요. 다른 사람의 큰 아픔보다 나의 작은 아픔에 더 슬퍼지고 우울해요. 그렇지만 그 마음이 잘못된 방향으로 흘러 '내가 가장 소중하니까 다른 사람들은 함부로 대해도 돼!'라고 생각하면 안 되겠죠. 내가 소중한 만큼 다른 사람도 소중하다는 마음, 더 나아가 타인을 귀한 존재로 바라보고 존중하는 마음. 이건 아무리 강조해도 지나치지 않는 마음이라고 생각해요.

제가 가장 최애하는 문장이 하나 있어요. 미국 소설가 어니스트 헤밍웨이가 남긴 멋진 말이죠.

> 타인보다 우수하다고 고귀한 것이 아니다. 진정 고귀한 것
> 은 과거의 자신보다 우수한 것이다.
>
> _어니스트 헤밍웨이

남보다 더 뛰어난 게 뭐가 그리 중요할까요. 우리는 각자 소중한 사람들이고 각자 다양한 개성을 품고 있어요. 진정 고귀한 것은 어제의 나보다 오늘 조금 더 우수해지는 것 아닐까요? 그러니 남의 시선에 휘청거리지 말고 자신을 아껴 주세요. 남의 칭찬을 기대하지 말고 내가 나를 칭찬해 주세요. 그렇게 해 주면 우리 내면에 숨겨진 엄청난 힘들이 마구마구 쏟아져 나오기 시작할 겁니다.

사회를 넓게 바라보는 힘

사회가 변화하는 속도는 굉장합니다. 150년 전으로 가 볼까요? 사극을 보면 알 거예요. 조선시대가 지금 사회와 얼마나 달

이상하고 아름다운 나의 사춘기

랐는지. 그때는 천민 계급이 존재했죠. 노예는 인간으로 대접받지 못했어요. 노예는 자동차나 냉장고처럼 주인의 소유물에 불과했어요. 100년 전에만 해도 여성은 투표권이 없었고 자동차는 일부 사람들만 겨우 갖고 있었어요. 80년 전에는 현재 우리가 알고 있는 전자식 컴퓨터라는 게 아예 없었고요. 30년 전에는 스마트폰이 존재하지 않았어요.

사회가 빠르게 변하고 있습니다. 여러분도 느끼실 거예요. 앞으로 여러분이 겪을 사회는 인류가 이제껏 한 번도 경험하지 못한 사회일 겁니다. 챗GPT ChatGPT와 AI 번역기 파파고 Papago가 나왔고 딥시크 DeepSeek의 등장으로 엔비디아 NVIDIA 주가가 출렁였죠. 인공지능을 비롯한 4차 산업혁명의 결과들이 우리와 사회의 모습을 완전히 다른 모습으로 바꿀 가능성이 큽니다.

지금 여러분들이 보고 있는 그림이 뭘까요? 네, 맞아요. 자율 주행 자동차죠. 우리나라는 현재 2027년까지 상용을 목표로 운전자의 개입이 필요 없는 수준의 '레벨4'급 자율주행 자동차를 개발하고 있습니다. 자율주행 자동차가 보편화되면 일단 운전면허를 딸 필요가 없을 겁니다. 여러분들은 운전면허를 딸 필요가 없는 첫 세대가 될지도 모릅니

다. 운전면허 학원이 문을 닫고 운전 연수 선생님들이 직장을 잃게 될 수도 있죠.

이것뿐만이 아닙니다. 자율주행 자동차가 정착되면 자동차를 소유할 필요가 없어질지도 몰라요. 내가 차를 쓸 일이 있으면 차량 회사 앱에 바로 신청을 하고 회사는 지금 놀고 있는 차를 내게 보내 주겠죠. 이런 식으로 차가 필요할 때에만 택시를 이용하듯이 타고 사용이 끝난 차는 다음 사용자에게 넘어갈 겁니다. 이렇게 되면 차를 소유할 필요성이 줄어들게 되죠. 주차를 할 필요도 없으니 주차 공간을 다른 용도로 쓸 수 있고요.

드론도 마찬가지입니다. 드론의 경우 사생활 침해 가능성이 있어 아직까진 상업적으로 상용화되지 못하고 있지만 필요성이 증대되면 점차 사용이 늘어날 겁니다. 드론이 많아지면 배송과 관련된 직업들이 타격을 받을 수 있겠죠. 드론 사용 영역 또한 우리가 생각하는 것보다 더 크고 넓습니다. 카메라와 최루탄을 드론에 장착해 테러 현장에 보내고 멸종 위기 동물을 보호하고 관찰할 수도 있어요. 넓은 땅에 씨앗을 뿌리고 돌보는 데도 드론을 사용합니다.

인간이 둔 바둑 기보 16만 개를 스스로 학습한 알파고 AlphaGo를 시작으로 많은 인공지능이 빠르게 발전하고 있습니다. 미국에서는 이미 배송을 담당하는 로봇이 길거리를 다닙니다. 챗

GPT는 언어를 매개로 한 모든 산업에 적용해 강력한 시너지를 만들 겁니다. 의학 분야에서 진단의 정확도를 높이고 있는 인공지능 왓슨Watson, 몇백 명의 일자리를 빼앗은 인공지능 투자분석 프로그램 켄쇼Kensho와 더불어 시를 쓰는 인공지능까지 등장했죠. 일본에서는 노인을 돌보는 로봇이 각광받고 있답니다. AI를 결합한 생명공학에서는 인공 장기 개발에 박차를 가하고 있습니다.

그동안의 산업혁명의 결과로 인간의 육체노동을 대신해 주는 기계들이 생겼습니다. 과거에 비해 인간은 고된 노동에서 많이 해방됐어요. 4차 산업혁명은 인간의 정신노동을 대체할 겁니다. 육체노동자, 즉 블루칼라가 아니라 정신노동자, 즉 화이트칼라까지 직장을 잃을 수 있습니다. 많은 직업이 사라질 거고 그만큼 많은 직업이 새로 생길 거라고 해요. 그러니 넓은 시각으로 사회를 바라보는 연습이 필요하지 않을까요?

이제 평생 직장이라는 개념이 사라질 거예요. 여러분들은 최소한 100세, 운이 좋다면 120세, 150세까지 살 겁니다. 그러니 한 직장만 다닐 수는 없을 거예요. 두세 개의 직업을 가질 수도 있고, 여러 프로젝트에 참여하는 프리랜서가 될 수도 있어요. 우리가 지금 갖고 있는 직업이라는 개념이 완전히 달라지고 있는 거예요.

인공지능이 점점 발전하면 우리 생활 곳곳에 큰 영향을 줄 거예요. 이제 우리의 경쟁자는 반 1등이 아닙니다. 전교 1등도 아니고 전국 수석도 아니라 이놈, 인공지능인 거죠. 그래서 아직까지도 성적과 학벌에 목숨을 거는 친구들을 보면 마음이 짠합니다. 좋은 대학을 나온다고 좋은 직장을 얻는 시대는 지났습니다. 좋은 직장에 들어간다고 그 직장이 평생 직장이 되는 시대도 지났고요. 그런데 수능 시험을 못 봤다고, 공무원 시험에 연거푸 떨어졌다고 자기 목숨을 끊다니요. 절대 있어서는 안 되는 일입니다.

인공지능의 발전 속도가 어마어마합니다. 절대로 대체될 수 없을 거라고 믿었던 직업군까지도 안심을 할 수 없는 상황이에요. 인공지능은 뉴스 기사는 물론이고 그림을 그리는 일에도 능통합니다. 챗GPT의 등장도 놀랍죠. 전문가들 말에 따르면 이미 챗GPT가 세상에 나온 이상 챗GPT를 활용하고 제대로 쓸 줄 아는 능력을 길러야 한다고 말해요. 창의적으로 질문을 던지고 챗GPT의 장·단점을 정확히 파악해야 합니다. 변화에 발 빠르게 적응하는 사람이 유리하다는 거죠. 앞으로 많은 직업이 사라지고 새로 생겨날 거예요. 그 속도는 점점 더 빨라질 것 같습니다.

우리는 인공지능이 할 수 없는 것에 주목해야 해요. 인간만이 할 수 있는 것, 인간이 인공지능보다 더 잘하는 것에 집중해야합니다. 그게 뭘까요?

인공지능은 우리보다 더 빠른 속도로 문제를 해결하겠지만 새롭고 창의적인 질문을 던지지는 못해요. 인공지능은 우리보다 더 똑똑하겠지만 슬픈 영화를 보고 눈물을 흘리지는 못해요. 인공지능은 우리보다 일을 빨리 하겠지만 친구와 수다를 떨거나 동료와 땀을 흘리며 우정을 쌓지는 못해요. 무엇보다도 인공지능은 가장 위대한 알고리즘이라고 불리는 인간의 '직관'을 따라잡지 못할 겁니다.

- 공감하는 능력, 감정 이입 능력
- 창의력, 창조력, 새로운 문제를 발견하고 질문하는 능력
- 사회친화력, 협업 능력, 소통 능력

사람의 감정을 건드리는 일, 감동과 재미를 주는 콘텐츠를 만들어 내는 일, 함께 토론하고 협업하는 일, 창조적으로 작업하는 일, 사람의 아름다운 몸을 활용하는 일 등에서 인공지능은 결코 우리를 따라올 수 없을 겁니다.

어떻게 하면 창의력을 기를 수 있는지 궁금하다고요? 창의력은 타고나는 거 아니냐고요? 뇌과학자들에 따르면 창의력은 후

천적으로 얼마든지 기를 수 있다고 해요. 그 말은 연습할수록 창의력이 높아진다는 거죠.

창의력을 기르려면 어린아이처럼 생각하고 행동하는 게 좋다고 해요. 어린아이들은 사물과 자신을 구분하지 않고 감정에 솔직하죠. 엉뚱한 생각도 거리낌 없이 말하고 늘 질문을 입에 달고 살아요. 순수하고 호기심이 많죠. 생각과 경험을 낯설게 하는 것도 창의력을 기르는 데 도움이 된다고 해요. 독서를 하거나 여행을 다니거나 나와 아주 다른 사람을 만나 대화를 나누는 거예요. 마지막으로, 호기심을 잃지 않고 과감하고 자유롭게 생각해 보세요. 연결할 수 없다고 생각한 것을 연결하거나 완전히 뒤집어서 반대로 생각해 보는 거예요.

정리해 볼까요? 학과 공부를 열심히 하는 것도 좋지만 사회가 지금 어떤 모습인지, 앞으로 어떻게 변할지 관심을 기울였으면 좋겠어요. 그래야 사회가 여러분에게 강요하는 것에 끌려다니지 않을 수 있어요. 해결하는 사람이 아니라 '정확한 질문을 던질 줄 아는 사람', 남의 명령에 따르는 사람이 아니라 '능동적으로 새로운 틈새시장을 찾아내는 사람', 하나의 기준에 목매는 사람이 아니라 '다양한 걸 받아들이고 결합할 수 있는 사람'이 되었으면 좋겠어요.

SF 작품들은 우리의 미래를 끊임없이 예측해 왔어요. 미래학

특별한서재 청소년 도서

베스트셀러
『구미호 식당』 시리즈

러시아, 태국, 대만 수출
시리즈 누적 20만 부

1권_ 구미호 식당
2권_ 저세상 오디션
3권_ 약속 식당
4권_ 구미호 카페
5권_ 안녕 기차역

신간

마법의 이야기꾼,
박현숙 작가의 시간에 대한 철학!

"당신에게 일주일밖에 시간이 없다면 무엇을 할 것인가요?"

특별한서재

blog.naver.com/specialbooks | www.specialbooks.co.kr
facebook.com/specialbooks1 | instagram.com/specialbooks1

서울특별시 금천구 가산디지털2로 101 한라 원앤원 타워 B동 15층 1503호
Tel. 02-3273-7878 | E-mail. info@specialbooks.co.kr

변호사 아빠와 떠나는
'민주주의와 법' 여행
- 대한민국은 민주공화국이다

양지열 지음

**더 나은 내일을 찾아 나선
아빠와 딸의 특별한 여행이 시작된다!**

'우리 곁의 변호사' 양지열이 알려 주는
청소년의 내일을 바꿀 '민주주의와 법'

마녀의 영화 레시피
- 10대의 고민, 영화가 답하다

김미나 지음

**"어쩌면 우리가 찾던 답은
영화 속에 있었을지도 몰라!"**

청소년의 다양한 고민과 감정을
제대로 요리하기 위한
편의점 마녀의 26가지 영화 레시피

자나 과학자들도 마찬가지죠. 그런데 최고로 훌륭한 SF 작가들도 스마트폰의 출현을 예측하지 못했다고 해요. 그만큼 미래를 예측하는 건 쉽지 않아요. 그런데 스마트폰은 어떻게 탄생했나요? 원래는 전부 따로였던 휴대폰, 디지털 카메라, MP3, 인터넷 등을 하나로 합치자는 아이디어는 누구의 것이었나요? '스크린을 터치하는 기술을 휴대폰과 접목하면 어떨까?' 이런 사소하고도 자유로운 아이디어 하나가 전 세계를 빠른 속도로 바꾼 거예요. 창의력의 힘이 정말 대단하죠?

호모 심비우스, 공생하는 인간

인공지능이 할 수 없는 것을 다시 복습해 보죠. 질문하고 문제를 제기하는 능력, 공감하는 능력과 감정을 풍부하게 느끼는 능력을 이야기했었죠. 공감하는 능력만큼 앞으로 중요한 능력이 있습니다. 바로 더불어 살아가는 협동심이에요. 이 능력은 앞으로 더 중요해질 거예요. 왜냐하면 사람은 절대 홀로 살아갈 수 없거든요. 사람은 홀로 행복할 수 없고 홀로 성장할 수 없어요. 처음부터 끝까지 사회적 존재인 거죠.

여러분이 지금 입고 있는 옷을 만든 분들, 여러분이 지금 사용하는 휴대폰을 개발하고 만든 사람들이 있습니다. 우리는 땀 흘려 쌀을 농사짓는 농부의 땀과 휴대폰을 개발한 사람들의 열정, 휴대폰을 만드는 공장 노동자의 수고, 쌀과 옷을 여러분께 사 주려고 종일 힘들게 일한 부모님 덕분에 이 자리에 있는 거 아닐까요?

"공생해야 살아남는다. 공생하지 못하는 생물은 도태된다."

제가 무척 좋아하는 과학자 최재천 선생님이 강연에서 하신 말씀이에요. 지구상에 가장 많은 면적을 차지하고 있는 생물은 무엇일까요? 정답은 개미입니다. 최재천 선생님은 나무와 개미를 통해 공생의 중요성을 강조하셨어요. 지구 역사상 가장 오래 살아남으면서 가장 넓은 면적을 차지하거나, 가장 많은 개체 수를 자랑하는 생물들의 공통점이 바로 '공생'이에요. 더불어 살기 위해 손을 내밀어야 살아남는다, 그것이 자연이 들려주고 있는 엄연한 진리예요.

생존의 문제만이 아닙니다. 우리의 기쁨, 행복 또한 결국 다른 사람과의 관계를 통해 결정될 때가 많아요. 개그 프로그램을 보며 웃을 때와 친구들과 소소한 수다를 떨며 미소 지을 때 중 우리 뇌는 언제 더 활짝 웃을까요? 친구들과 "안녕" 인사를 할 때, 함께 밥을 먹을 때, 쓸데없는 수다를 떨며 까르르 웃을 때 우리 뇌는 더 활짝 웃으며 행복을 느낀다고 해요.

> 행복한 것이 자기의 생존, 단지 목숨만 살아 있는 상태가 되어서는 안 돼요. 자기가 살아가는 삶 자체가 인간적이기 위해서는 생존만 해서는 안 돼요. 자기희생도 하면서, 다른 사람들과 관계를 만들어 가야 자기 삶이 행복하잖아요. 행복이란 게 자기 개인의 행복만으로는 행복하지 않잖아요. 다른 사람의 행복이 나의 행복에 필요하잖아요. 그것도 관계가 주는 거죠.
>
> _신영복

돈의 노예로 살 것인가?

누군가가 10억을 주는 대가로 자기 대신 감옥에 1년 동안 있으라고 한다면 여러분은 어떻게 하시겠어요? 놀랍게도 한 설문 조사에서는 고등학생의 51%가 "예스"라고 대답했대요. 10억이

---

* 채널예스, "'마지막 강의' 『담론』 펴낸 신영복 선생", 2015년 4월 20일, https://ch.yes24.com/Article/Details/27778.

내 손에 들어오기만 한다면 1년 정도는 교도소에 있을 수 있다는 사람들이 점점 많아지는 것 같습니다.

돈에 대한 이야기를 잠깐 해 볼까요? 강의를 다녀 보면 여러분들의 눈빛이 유독 돈 이야기를 할 때 반짝인다는 걸 알 수 있어요. 직설적으로 작가는 얼마 정도를 버는지 물어보는 친구도 종종 있습니다. 돈, 중요하죠. 좋은 거고요. 하지만 과연 돈이 세상의 전부일까요? 돈이 많기만 하면 행복할까요?

돈이 최고의 가치가 된 자본주의 사회는 오랜 역사를 갖고 있지 않아요. 조선시대만 해도 돈은 가치가 없었고 돈에 집착하면 양반답지 못한 거라며 돈을 부정적으로 생각했죠. 연암 박지원의 「허생전」을 보면 주인공 허생은 돈 한 푼 없으면서도 부자 변씨 앞에서 당당하게 행동하며 돈을 빌립니다. 그리고 나서 매점매석으로 돈을 많이 번 후 그 돈의 일부를 바다에 버렸어요. 이유는 조선의 경제가 허약했고 돈을 중시하면 양반의 도리에 어긋난다고 생각했기 때문이죠.

근대화와 함께 자본주의가 들어왔습니다. 이제 전 세계는 자본주의 영향력 아래 있어요. 꿈이 건물주라고 당당히 이야기하는 친구들이 많아졌죠. 돈이 최고라고 말하는 것이 부끄러운 일이 아닌 시대입니다. 돈은 중요해요. 당장 필요한 것들을 살 수 있고 나를 즐겁게 해 주는 것을 가질 수 있죠. 돈이 한 푼도 없다면 당장 많은 것이 불편할 거예요.

하지만 돈은 어디까지나 '수단'일 뿐이에요. 돈이 우리 삶의 '목적'이 될 수는 없어요. 돈을 벌어 가족과 맛있는 음식을 먹고 싶을 때 돈은 '수단'이에요. 그런데 돈을 10억 모으겠다, 돈이 30억은 있어야 행복할 수 있다, 이렇게 생각하는 순간 돈은 '수단'이 아닌 '목적'이 되어 버리죠. 이렇게 되면 돈이라는 괴물에 사로잡혀 정말 소중한 것을 놓칠 수 있어요.

돈이 최고로 칭송받는 세상이지만 여전히 돈으로 살 수 없는 것들이 많아요. 어떤 것들이 있을까요? 네, 맞아요. 시간은 돈으로 살 수 없죠. 건강이나 사랑, 우정 같은 것도요. 웃음, 기쁨, 가족, 친구, 존경 또한 절대 돈으로 살 수 없어요.

행복도 마찬가지입니다. 물론 돈이 없다면 불편하고 불행하겠죠. 하지만 돈이 많다고 그만큼 행복이 커지는 건 아니라고 생각해요. 국민의 행복도를 조사해 보면 OECD 가입국인 우리나라는 행복도가 높지 않고 자살률이 비정상적으로 높습니다. 그런데 우리보다 상대적으로 부유하지 않은 국가의 행복도가 더 높기도 합니다. 선생님 주변에도 그런 분이 있어요. 돈이 많은데 그 돈을 제대로 쓰지 못하고 돈에 사로잡혀 돈의 노예로 사는 사람이요. 돈보다 소중한 걸 무시한 채 돈에 끌려다니는 사람을 종종 봅니다.

돈은, 마시면 마실수록 갈증이 심해지는 바닷물과 같은 것입니다. 망망대해, 마셔도 마셔도 끝이 없는 바닷물처럼 세상에 뿌려진 것이 돈입니다. 어디를 가나 돈이 있습니다. 그러나 삶의 갈증을 그 바닷물로 해결하려 든다면 죽음에 이릅니다. 갈증을 달래 주는 것은 바다와는 비교도 안 되는 작은 샘물이나 강물이라는 것을 명심하십시오.

(중략) 돈을 벌고 싶다면, '세상에 필요한 사람'이 되십시오. 세상이 당신을 필요로 하는 한 세상은 당신을 먹여 살려 줍니다.

『너, 외롭구나』, 김형태, 예담

어떤가요? 와닿는 문장이 있나요? 돈에 관해서 제가 여러분께 하고 싶은 이야기를 전부 적어 둔 구절이에요.

한마디로 우리는 돈과 성공에 대해 다시 정의를 내려야 해요. 지금까지 사회가, 다수가 만들어 놓은 기준이 옳은 것이었는지 되물어야 해요. 돈은 많을수록 좋다, 성공은 돈을 많이 버는 것을 뜻한다, 좋아하는 일을 해도 가난하면 실패한 인생이다. 이런 가치관을 누가 심어 준 건지, 이런 가치관이 정말 맞는 건지 질문해 봐야 해요. 많은 사람들이 말하는 건 무조건 옳은 건지, 내 생각이 다수와 다를 때는 어떻게 결정하고 행동해야 하는지

이상하고 아름다운 나의 사춘기

고민하고 또 고민해야 합니다.

　동시에 돈에 관련해 꼭 하고 싶은 이야기가 있습니다. 돈의 노예가 되지 말되 돈을 소중하게 여기고 돈에 관한 공부를 하세요. 어떻게 해서 자본주의가 만들어졌고 굴러가는지까지는 아니어도 어떻게 해야 돈과 더불어 지혜롭게 사는 건지는 일찍 깨달을수록 좋아요.

　부자들은 입을 모아 말합니다. 돈을 버는 것만큼이나 어떻게 쓰는지가 중요하다고 말입니다. 어떻게 하면 많은 돈을 벌까 고민하기 전에 돈을 필요한 곳에만 쓰는 습관을 가져야 합니다. 돈을 조금씩 모아서 목돈을 만들어 본 사람은 그렇지 않은 사람에 비해 부자가 될 확률이 높겠죠. 좋은 책과 영상이 쏟아지고 있으니 조금만 관심을 기울이면 돈 공부를 제대로 할 수 있습니다. 어떤 책을 먼저 읽어야 할지 모르겠다면 최근에 읽은 모건 하우절의『돈의 심리학』(인플루엔셜)을 추천합니다.

좋아하는 것은 진짜로 힘이 세다

　다른 사람이 뜯어말려도 하고 싶은 일이 있나요? 돈이 안 돼도 하고 싶은 일이 있나요? 할 때마다 즐겁고 시간 가는 줄 모르는 일이 있나요? 여러분은 시간이 생길 때마다 어떤 일을 자주 하나요?

　좋아하는 일이 있는 사람은 복이 많은 거예요. 지금 당장 좋아하는 일이 없다 해도 괜찮습니다. 아직 여러분에게는 시간이 있으니까요. 자신이 무얼 할 때 가장 즐겁고 행복한지 아는 건 조급하게 마음먹는다고 당장 알 수 있는 게 아니거든요. 자신이 정말 미치도록 좋아하는 일이면서 사회에 의미가 있는 일을 당장, 빨리 찾는 일은 어려워요. 가끔 그런 친구들이 있긴 하겠지만 드물 거예요. 이십 대 때 찾지 못하는 사람도 많아요.

　끝내 좋아하는 일을 발견하지 못할 수도 있어요. 아니면 부모님이 내게 원하는 일을 내가 좋아할 수도 있어요. 어쨌든 좋아하는 일이 하나라도 있는 사람과 없는 사람은 완전히 다른 인생을 살 거라고 생각해요. 그렇다면 좋아하는 일을 발견하려면 어떻게 살아야 할까요?

　앞에서 자존감을 높이려면 나 자신을 잘 알아야 한다고 했어요. 좋아하는 일을 발견하는 것도 마찬가지예요. 내가 어떤 사람인지 잘 알수록 유리해요. 내 마음이 어떤 소리를 내는지 세밀하게 관찰하고 관심을 둬야 해요. 일기도 많이 쓰고 좋아하는 사람들과 이야기도 많이 나누세요. 내 가슴을 마구 뛰게 하는 사람들이 있는지 계속 기웃거리고 두리번거리세요.

이상하고 아름다운 나의 사춘기

다양한 경험을 많이 할수록 좋습니다. 책이나 영화 같은 간접 경험을 많이 하는 것도 좋고요. 여행이나 연애처럼 직접 경험을 많이 하는 건 더 좋고요. 청춘이란, 에너지가 팔팔 살아 날뛰는 시기잖아요. 그러니 직접 경험을 하고 많은 사람들과 부딪쳐 봐야 해요. 그 경험이 모두 피가 되고 살이 될 거예요.

최재천 선생님은 좋아하는 일을 하며 굶어 죽는 사람을 본 적 없다고 단호하게 말씀하셨어요. 이 말을 처음 들었을 때 저도 일단 의심부터 했어요. 정말일까? 정말 내가 좋아하는 일을 해도 굶지 않을 수 있을까?

> 방황을 해라. 그걸 통해 자기가 정말 좋아하는 일을 찾아라. 악착같이 찾아라. 그게 아름다운 방황이다. 이건 방탕과 다른 거다. 눈만 뜨면 이 일을 하고 싶다. 그런 일을 무지 열심히 하면서 굶어 죽은 사람은 없다.*
>
> 최재천

이 말에는 중요한 단서가 하나 있어요. "무지 열심히 하면서" 입니다. 그런데 좋아하는 일을 '무지 열심히' 하는 건 어려운 일

---

* 중앙일보, "새도 절로 깨닫는다 ⋯ 화려한 나방엔 독이 있다는 걸", 2013년 10월 29일, https://www.joongang.co.kr/article/12983985.

이 아니에요. 정말 좋아하니까요. 잘하고 싶으니까요. 운 좋게 작가가 되었지만 저는 여전히 저한테 작가적 천재성은 없다고 생각해요. 그럼에도 불구하고 제가 글을 포기하지 않고 오랫동안 쓸 수 있었던 이유는 진심으로 글 쓰는 걸 좋아했기 때문이에요.

이제 저는 최재천 선생님의 말을 의심하지 않아요. 내가 좋아하는 일을 '무지 열심히', 그리고 '꾸준히' 해내면 굶어 죽지 않는다는 걸 경험해 봤거든요. 좋아하는 것은 진짜로 힘이 세다는 걸 몸으로 겪었거든요. 좋아하는 사람이 생기거나 좋아하는 아이돌 그룹이 생겼을 때를 생각해 봐요. 우리가 얼마나 부지런해지고 열정적으로 변화하는지를요.

우리는 내가 좋아하는 것에 끊임없이 영향을 받고 살아요. 우리를 변화시키고, 성장하게 하는 것도 좋아하는 것들이죠. 그러니 내가 좋아하는 건 그게 무엇이든 무척 소중해요. 내가 좋아하는 것을 적극적으로 발견하세요. 좋아하는 것을 많이 만드세요. 저는 그게 청춘의 의무라고 생각합니다.

여러분께 꼭 들려주고 싶은 글이 하나 있어요. 신문에서 우연히 발견한 글인데요. 진정한 어른이라면 자식에게 이런 편지를 쓸 수 있어야 하지 않을까. 그런 생각을 하게 만드는 글이었어요. 같이 읽어 볼까요?

이상하고 아름다운 나의 사춘기

아들아, 남들이 가지 않는 길을 가거라. 일자리가 없어 요즘 아우성이다. 학창 시절 공부 좀 했다는 아이들도 상황은 비슷하다고 하지. 그런데 생각해 봐라. 왜 모두 똑같은 방향과 방법으로만 해답을 찾고 있을까. 미래에 대한 소망이 어떻게 모두 같을 수 있을까. 1등을 하려 말고 자기만이 할 수 있는 일을 찾아 누구도 눈여겨보지 않던 원시림을 개척해라. 무주공산을 차지해라.

평생직업은 노동과 유희가 구분되지 않는, 일이기도 하지만 즐거운 놀이같이 재미나야 한다. 정말 하고 싶었던 꿈이어야 한다. 그래야 평생 지루하지 않고 세파에 출렁이지 않고 후회하지 않고 뚜벅뚜벅 자기 걸음으로 갈 수 있는 것이다.

그 길이 어디냐고? 그 길을 찾는 것은 네 몫이야. 누구도 대신 찾아줄 수 없단다. 우선은 네가 원하고 잘할 수 있는 것을 냉철히 생각해 봐야겠지. 선택엔 책임이 따르는 것이니까. 너의 세대에는 아마 100세까지도 살 수 있을 것이라고 하더라. 그러니 젊을 때 몇 년의 방황은 오히려 인생에선 큰 재산임이 틀림없다. 너에게 절실한 일이 무엇인지 남을 의식하지 말고 눈을 크게 뜨고 긴 호흡으로 찾아 보거라.

_「아들에게」, 화가 사석원, 중앙일보

우리는 모두 실패의 달인이다!

우리 사회는 실패에 심한 트라우마를 갖고 있는 것 같아요. 한 번 실패하면 끝장이다, 안정적인 삶이 최고다, 이런 가치관이 강하게 자리를 잡고 있죠. 어른들이 그런 가치관을 은근슬쩍 강요해서일까요? 실패를 하면 다시 일어서기 어려운 사회적 구조 때문일까요? 이곳저곳 두드리고 도전 정신으로 무장해야 하는 청년들이 모두 안정적이고 평생 잘리지 않는 일만 바라보고 있어요. 이렇게 정신이 늙어 버린 사람들을 청춘이라고 할 수 있을까요?

나이가 어리다고 모두 청춘은 아닐 거예요. 청춘다운 도전 정신과 패기, 배짱이 없다면 아무리 나이가 어려도 늙은이죠. 미국 실리콘밸리는 창업을 하러 몰려든 파릇파릇한 청춘들로 늘 복작여요. 그런데 우리는 어떤가요? 창업이 꿈인 친구가 있나요? 우리 머릿속에는 어른들이 심어 준 정형화된 직업들만 있는 건 아닐까요? 창업을 하거나 스스로 새로운 직업을 만드는 포부로 충만한 친구들이 주변에 있나요?

우리는 모두 실패의 달인들이에요. 여러분 중에 태어나자마자 두 발로 걸은 사람은 없을 거예요. 태어나자마자 "엄마!"라고 말한 사람도 없을 겁니다. 여러분이 첫 걸음마를 떼기까지 몇 번이나 넘어졌을까요? 여러분이 처음으로 "엄마!"라고 말하기 전까지 얼마나 많은 옹알이를 했을까요?

사람은 걸을 때까지 적어도 몇천 번은 넘어진다고 해요. 아이 였던 때로 잠시 돌아가 볼게요. 아이가 걸으려다가 넘어졌어요. 그런데 이 순간 아이가 이렇게 말해요. "아, 진짜 짜증 나네. 안 해. 나 안 걸어!" 이랬다면 그 아이는 어떻게 됐을까요? 걸을 수 있었을까요? 실제로 늑대에게 길러진 일명 '늑대 인간'에 대한 보고서를 보면 말을 하지 못했다고 해요. 말을 듣고 배워야 할 시기에 사람의 언어를 듣지 못했으니까요. 우리가 걸을 수 있는 이유는 넘어져도 발딱 다시 일어나 걸은 덕분이에요. 우리가 말을 할 수 있는 이유는 따라할 수 있도록 백 번도 천 번도 넘게 반복해서 단어를 들려준 양육자들 덕분이에요.

어차피 누구나 실패를 할 수밖에 없어요. 누구나 좌절할 수밖에 없어요. 나만 실패하는 것도 아니고, 나만 좌절하는 것도 아니에요. 내가 실패했다는 건 적어도 어떤 일을 시도했다는 거잖아요? 그러니 실패는 도전의 증거이고 성공의 전조 사인이에요. 어차피 실패해야 성공의 언덕에 닿을 수 있는 거라면 한 살이라도 젊을 때 더 많이 실패하는 게 낫지 않을까요?

아무런 실패도 하고 싶지 않다고요? 아무것도 시도하지 않고 도전도 안 하고 싶다고요? 안전한 보호막 속에서 아무 상처도

받지 않고 살고 싶다고요? 그런 삶은 가능하지 않아요. 가능하다 해도 그건 살아 있는 게 아니에요. 그런 삶은 청춘이라는 단어와 어울리지 않습니다.

실패해도 괜찮아요. 아프겠지만 다시 일어설 수 있어요. 여러분이 걸음마를 떼기 위해 벌떡 일어선 것처럼 다시 일어나서 시도하면 돼요. 기억하세요. '누구나 실패를 한다. 실패는 성공을 위한 첫 걸음마이다.' 책을 읽다 보면 이런 비슷한 이야기들을 수도 없이 만날 수 있습니다. 정말이에요.

계속해서 나아가라. 그러면 기대하지 않은 순간에 기회와 우연히 마주칠 것이다. 나는 가만히 앉아서 어떤 것과 마주쳤다는 사람에 대해서는 들어 본 적이 없다.

_찰스 F. 케터링(미국의 과학자)

저는 작가지망생 시절을 11년 동안 보냈어요. 어느 날 계산을 해 봤어요. 매년 10군데 넘게 응모를 했으니 최소한 100번 넘게 떨어진 거예요. 그렇게 주구장창 떨어지기만 하는데도 참 끈질기게도 또 응모를 했어요. 제가 50번쯤 떨어졌을 때, "아, 짜증 나. 안 해!" 했다면, 그래서 장편도 쓰지 않고 문학상도 받지 못했다면, 그래서 지금 작가가 아닌 다른 일을 하고 있을 걸 생각하면 으으, 상상만 해도 싫네요. 저는 작가가 돼서 정말 좋거든요. 작가라는 직업이 저와 딱 맞다고 생각하거든요.

어차피 실패를 맛봐야 성공에 오를 수 있는 거라면 그냥 멋지게 실패하는 건 어떨까요. 저는 그러지 못했거든요. 실패할 때마다 징징대고 세상이 끝날 것처럼 힘들어했거든요. 스스로를 믿어 주지 못하고 심하게 갉아 먹었거든요. 그 시간들이 가끔 후회되고 안타까울 때가 있어요.

멋지게 실패하기. 고개를 당당히 들고 다시 일어서기. 한 번도 상처받지 않은 사람처럼 다시 시도하기. 그렇게 실패의 경험을 멋지게 쌓다 보면 성공이 가까이 다가와 있을 거예요. 충분히 실패했다면 내공을 쌓은 거고 그만큼 실력이 쌓였다는 뜻이니까요. 그럼 이제 기회가 올 거예요. 누구에게나 한 번은 기회가 와요. 신기하게도 말이죠. 그런데 아무나 기회를 잡는 게 아니에요. 기회는 준비된 사람만 잡을 수 있답니다. 기회를 잡을 수 있게 치열하게 노력하는 여러분이 되었으면 좋겠어요.

『싸이퍼』에서 제가 좋아하는 문장 중 하나는 바로 이거예요.

이거 하나만 기억해. 삶의 노하우 같은 건 없어. 얻어야 하고 배워야 할 게 있다면 직접 겪고 느껴야 해. 내가 너한

테서 랩을 잘할 수 있는 비법을 알아내려고 한 게 어리석은 일이었다는 걸 시도해보고 깨달은 것처럼. 그렇지만 한 가지는 분명해. 그렇게 겪고 시도해서 얻어낸 것은 네 거야. 좋은 것은 아무도 뺏어갈 수 없어. 긍정, 희망, 용기 같은 것들. 그리고……진심. 마음은 힘이 진짜 세거든. 그것만 잊지 않는다면 어떤 일이 있어도 방향을 잃지 않을 거야.

_『싸이퍼』, 탁경은, 사계절

마지막으로 제가 무척 좋아하는 아인슈타인의 말을 공유하며 강의를 마칠까 합니다. 만나서 반가웠습니다. 감사합니다.

인생을 사는 데는 두 가지 방법이 있다.
하나는 아무것도 기적이 아닌 것처럼 사는 것이고,
다른 하나는 모든 것이 기적인 것처럼 사는 것이다.

_아인슈타인

이상하고 아름다운 나의 사춘기

강연을
마치고

    강연을 하고 나면 옷이 땀으로 흠뻑 젖었다. 그제야 긴장이 풀리고 제정신으로 돌아오는 느낌이 들었다.

    호기심 넘치는 반짝이는 눈빛으로 바라봐 주고, 열린 마음으로 강의를 들어 주고, 책에 관해 꼼꼼하게 질문을 던져 주는 친구들을 만나면 정말 행복하고 즐거웠다. 오늘을 잊지 않겠다고 팔에 사인을 해 달라고 하는 여학생의 순수하고 어여쁜 얼굴을 잊을 수가 없다. 반대로 아이들이 억지로 강의를 듣는 경우에는 무거운 짐을 두 팔로 끌고 가는 것처럼 힘겨웠다. 강의가 재미없다는 듯 아이들끼리 수다를 떨거나 잠에 빠져들기 시작하면

진땀을 뻘뻘 흘릴 수밖에 없었다.

강의가 끝나면 늘 아쉬움이 남았다. 강의가 잘 진행되지 않은 날은 물론이고 강의가 잘 진행된 날도 그랬다. '아, 그 이야기를 안 했구나.', '아, 그 이야기는 왜 했을까.', '아, 이렇게 이야기했더라면 더 좋았을 텐데.', '아, 친구들이 집중할 수 있는 좋은 동영상 자료가 필요하겠구나.' 처음이니까 미숙한 부분이 많았을 것이다. 하지만 기술적으로나 방법적으로는 부족했을지라도 한 가지는 자부할 수 있다. 매 강의마다 진심과 열정을 다했다는 것, 온몸이 땀으로 젖을 만큼 몸에 있는 에너지를 다 쏟아부었다는 것이다.

아쉬운 점을 보완해 다음번 강의 때는 더 잘해야겠다고 다짐하곤 했다. 어떻게 말을 하고 어떤 순서로 이야기를 진행하면 친구들이 더 이해하기 편하고 집중을 할까 등의 고민들이 머릿속을 떠나지 않았다. 강연을 하는 사람은 나인데 오히려 강연을 듣는 친구들보다 내가 더 많은 것을 얻어 가는 기분이 들었다.

친구들에게 소중하고 귀한 이야기를 해 주고 싶었다. 더 제대로, 더 뜨겁게 친구들과 만나고 싶었다. 몇 시간 강의를 듣는다고 사람이 변하는 건 아닐 것이다. 사람이 그렇게 간단한 존재는 아니지만 그래도 작게나마 좋은 영향을 주고 싶었다. 아직 야들야들하고 변화 가능성이 넘치는 시기를 통과하고 있으니 강의를 듣고 한 명의 친구라도 좋은 방향으로 변화한다면 얼마나 뿌듯할까. 그동안 미처 생각하지 못한 것을 생각해 보는 기회가 될 수 있다면 얼마나 좋을까. 그런 희망과 함께 긍정적인 에너지를 조용히 모아 소중히 품었다. 그런 에너지로 똘똘 뭉쳐 강의가 끝날 때까지 피곤한 줄도 모르고 땀에 젖어 있는 줄도 몰랐다.

작가는 글을 쓰는 사람이고 글을 쓰는 순간이 가장 행복하다. 강의를 다니는 일은 작가에게 큰 결심이 필요한 일이다. 그리고 강의를 잘하는 것과 글을 잘 쓰는 것은 엄밀히 별개의 일이다. 강연을 다니지 않고 집필에만 전념하는 작가들도 있다. 어쩌면 강연을 잘하는 것도, 강연 내용을 고민하는 것도 작가에게 어울리는 일은 아닐지도 모르겠다. 작가는 '말'이 아니라 '글'로 전달하는 데 익숙한 사람들이니까.

그렇지만 친구들을 만나는 게 좋았다. 숨죽이고 내 말에 귀를 기울여 준 친구들, 부끄럽다는 표정으로 자기 꿈을 작은 목소리로 이야기해 준 친구들, 책을 재미있게 읽었다고 말해 준 친구들, 사인을 받으며 고맙다고 인사를 하는 친구들. 다시없을 소중한 인연이기에 친구들을 마음속에 오래도록 담아 두고 싶다.

"매 순간 흔들렸다.
파도가 험난한 바다 위에
끊임없이 휘청거리는 작은 조각배.
그게 내 청춘의 실체였다."

3장

구원의 문장들

나의 보물들

힘들고 절망적인 순간에 나를 지탱해 준 것은 문장들이었다. 늘 그랬다. 정말 신기하게도 힘든 순간마다 힘을 주는 문장을 만났다.

책을 반납하기 위해 도서관에 간다. 신간 코너를 둘러본다. 나를 끌어당기는 제목을 만나면 책을 훑어본다. 목차와 내용이 마음에 들면 빌린다. 신간을 읽다가 마음에 드는 책을 구매한다. 책을 꼼꼼히 읽고 좋은 부분을 필사한다. 그렇게 필사한 문장을 힘들 때마다 다시 읽어 본다. 단단하고 지혜로운 문장을 읽자마자 위로를 받는다.

힘겨운 순간마다 내 손이 나를 위한 책을 찾아낸 것일까? 아니면 그 책이 나를 선택해 준 것일까? 이어령 선생님이 말씀하신 '문운'이라는 단어가 떠오른다. 선생님은 글이 안 써질 때면 아무 책이나 들춰 보는데 그때 만난 문장이 막혔던 부분을 뻥 뚫어 준다는 이야기를 하시며 '문운'이라는 것이 확실히 있다고 했다. (『이어령의 마지막 수업』(열림원)에서 알게 된 이야기다.) 그렇다면 자신 있게 말할 수 있다. 나에게는 '문운'이 있다고.

우울하거나 의기소침할 때는 좋아하는 음악을 듣곤 했다. 친한 언니에게 전화를 걸어 답답한 마음을 토로하기도 했다. 동생을 붙잡고 하소연을 하기도 하고 일기를 쓰기도 했다. 가까운 공원을 무작정 걷거나 아주 슬픈 영화를 보며 울기도 했다. 어떤 일이라도 하는 게 아무것도 하지 않는 것보다 나았다.

좋은 소설과 영화도 큰 힘이 되어 주었다. 가족과 친구를 통해 얻는 위로도 힘이 되어 줬다. 무엇보다도 우연히 마주친 문장이 주는 위로는 더할 나위 없이 묵직했고 따뜻했다. 그래서 나는 미친 사람처럼 문장들을 수집하기 시작했다. 그 문장들에 기대고 마음을 내줬다. 그것만으로도 잠시 숨통이 트였고 다시 희망을 노래할 수 있었다.

앞으로도 위태롭고 힘겨운 순간은 종종 찾아올 것이다. 그런 순간 없이 살아가는 사람이 과연 한 명이라도 있을까. 모두 비슷할 것이다. 저마다 힘겨운 순간을 버텨 내며 하루하루를 살아가고 있다. 버티다 보니 어른이 되어 버렸고, 어른이기에 시도 때도 없이 울 수조차 없는 삶을 살아가고 있을 것이다. 부지런히 어른이 되어야 하는 청소년 친구들과 이미 어른이 되어 버린 청춘들에게 나의 보물을 내민다.

나를 일으켜
세워 준 문장들

어쩌면 내가 문장을 찾은 게 아니라 문장들이 나를 찾아와
준 건지도 모른다.

문장이 걸어온다. 똑똑. 내 마음의 문을 두드린다.

"누구시죠?"

나는 일단 경계한다.

"누구시냐고요?"

문장은 의젓하게 입을 연다.

"많이 힘드십니까?"

"네?"

나는 그 한마디에 울컥한다. 그토록 오래 참아왔던 눈물이 차오른다.

"포기하고…… 싶은가요?"

당신 대체 누구야. 왜 나한테 이런 말을 하는 거야. 어떻게 알고 내 가슴을 후벼 파는 거야. 대체 나한테 왜 이러는 거야.

"포기하지 마세요."

왜요?

"그 정도로 힘들지 않은 사람은 없답니다."

그런가요?

"거의 다 왔어요."

정말요? 거짓말 아니죠?

"지금까지 잘 해냈잖아요."

그랬나요? 내가 잘 해냈던가요?

"많이 힘들면 손을 내밀어요. 손을 잡아 주는 사람이 있을 거예요."

고마워요. 그렇게 말해 줘서 정말 고마워요.

최선이라는 말은 이 순간 내 자신의 노력이 나를 감동시킬 수 있을 때 쓸 수 있는 말이다.

_조정래

'그래. 나 자신을 감동시킬 만큼 노력한 적은 없잖아. 물리적인 시간이 중요한 게 아니라 밀도 높은 노력이 중요한 거잖아. 1만 시간의 법칙이라는 말도 있잖아. 그런데 나는 1만 시간은 커녕 5천 시간도 안 됐을걸? 3천 시간은 채웠으려나? 그래, 좀 더 해 보는 거야. 결과가 아닌 과정에 더 집중하는 거야.'

그렇다 하더라도 쌓여만 가는 실패를 바라보는 일이 아무렇지 않을 리 없었다. 이번에는 글을 좀 더 다듬었으니 소식이 들리지 않을까, 기대했지만 번번이 응답받지 못했다. 매번 비슷한 자리에서 미끄러져 추락하는 느낌. 끊임없이 나락으로 떨어지는 느낌. 죽을 때까지 선택받지 못할지도 모른다는 두려움이 내 목을 죄고 "넌 어차피 안 돼"라는 말이 귓가에 맴돌았다.

나는 거대한 벽 앞에 서 있는 기분이었다. 그 벽은 너무도 높고 견고해서 쉽게 무너질 것 같지 않았고 그 벽 안으로 들어가는 문에는 험상궂게 생긴 문지기가 팔짱을 낀 채 서 있었다.

문지기가 말했다.

"네까짓 게 문학을 하겠다고? 기본기부터 쌓고 다시 와."

"기본기가 뭔데요?"

"아직 문학의 기본기도 몰라? 쯧쯧."

문학의 기본은 문장인데 문장이 올바르지 않다는 말을 들었다. 나이에 비해 문장의 탄력이 떨어진다고도 했다. 캐릭터가 괜찮으면 스토리의 완성도가 떨어진다는 소리를 들었고, 스토리가 괜찮으면 개성이 없다고 했다. 좀 독특한 소설을 쓰면 결말이 문학적이지 않다고 했고, 문장이 괜찮으면 캐릭터가 매력적이지 않다는 지적을 받았다.

문지기도 잠깐 낮잠 같은 걸 잘지도 몰라. 어떤 사람들은 다른 사람들 몰래 쉽게 문을 통과하고 있을지도 몰라. 나는 계속 문학상에 응모했다. 떨어지고 또 떨어져 상처투성이인 작품을 다시 고쳤다. 그리고 또 떨어졌다. 너덜너덜해진 마음을 안고 잠을 뒤척였다. 그런 과정을 오랜 시간 반복했다.

합평 받는 일은 늘 두렵고 싫었다. 오늘은 또 어떤 욕을 들을까. 오늘은 또 어떤 생채기를 얻을까. 나는 점점 움츠러들었다. 점점 나 자신을 신뢰할 수 없었다.

처음에는 이러지 않았다. 작가가 되겠다고 마음먹고 글쓰기를 배우러 간 초창기에는 자신감에 차 있었다. 일 년 정도만 하면 금방 작가가 될 줄 알았다. 내게 재능이 있다고 확신했다. 마음껏 소설을 써냈다. 심지어 어떤 단편소설은 이틀 만에 완성했다. 내가 쓰는 소설을 과대평가했다. 사람들이 내 소설을 비판하면 잘 받아들이지 못했다. 그들의 말을 인정할 수 없었다. 오만했다. 실력은 없었고 끈기는 부족했다.

차츰 내 소설의 문제점을 받아들이기 시작하면서부터 자신감이 급격히 하락했다. 소설을 수정하는 과정은 늘 힘겨웠다. 초고를 써내는 건 수정에 비하면 쉬웠다. 다들 문제가 있다고 하고, 내가 봐도 엉성한 건 맞는데 어디부터 손을 대야 할지 감이 오지 않았다. 소설의 문장들은 견고히 쌓아 올린 벽돌과 같아서 벽돌 하나를 빼면 전체가 와르르 무너져 내린다. 전체를 싹 다 고쳐야 할까? 결말만 수정해도 될까? 아니면 문장만이라도 고쳐야 할까? 정답이 없는 문제지였다. 고민을 거듭해도 나아가야 할 방향은 보이지 않았다. 어두컴컴한 터널 속에 갇힌 기분이었다.

간신히 용기를 내 수정 작업을 하고 다시 합평을 받으면 "수정 전이 나은 것 같은데"라는 말을 들었다. 지적받은 문제들을 싹 다 고쳤더니 초고가 품고 있던 매력이 다 사라졌다고 했다. 초고가 너무 엉성하니 수정을 하기는 해야겠는데 수정을 해도 좋은 말을 듣지 못하니 겁이 덜컥 났다. 개작이 두렵고 힘드니 초고라도 많이 쓰자는 생각으로 줄기차게 새로운 초고들을 써냈지만 여지없이 엉성했고 냉혹한 비판을 받았다. 헤어 나올 수 없는 미로에 갇힌 기분이었다. 작가지망생 시절을 통틀어 가장 힘겹고 위태로웠던 순간이었다.

어느 날 문득 생각했다. '포기하자. 포기하면 모든 게 깔끔하다. 이렇게 고통스러울 필요도 없고 나 자신을 미워할 이유도 없어진다. 재능이 없는 게 분명하다. 그러니 그냥 평범하게 살자. 지금부터라도 할 수 있는 일이 있을 거다. 눈을 돌리고 한번 알아보자.'

그러던 중 우연히 일본 영화 〈굿바이〉를 보다가 펑펑 울었다. 남자주인공은 첼리스트였다. 그는 훌륭한 첼리스트가 되겠다는 꿈을 포기하며 엄청난 해방감을 느꼈다고 말했다. 그건 어떤 느낌일까. 나도 작가가 되겠다는 이 꿈만 놓아 버리면 해방감을 느낄 수 있을까. 하늘을 훨훨 날아다니는 기분을 느끼는 거 아닐까.

꿈에 사로잡혀 내가 잃고 있는 것들을 생각해 봤다. 남들처럼 연애를 하지도 않았고 돈을 벌지도 않았다. 남들처럼 취업을 하지도 않았고 멋진 소신을 갖고 사는 것도 아니었다. 내게 남은 건 아무것도 없었다. 하지만 포기할 수 없었다. 포기를 하지 못하는 이유조차 잘 알지 못했다. 상투적인 표현이지만 말 그대로 절망의 늪에 빠져 허우적댔다. 그 순간 벼락 같은 문장을 만났다.

내가 작가가 되고 싶은 건지 소설을 써서 행복한 삶을 살

고 싶은 건지 혼동하면 안 됩니다. 작가라는 타이틀을 갖고
싶은 건지 소설을 쓸 때 행복한지 스스로에게 물어보길 바
랍니다.

_윤성희

나는 정말 벼락을 맞은 사람처럼 한동안 꼼짝도 할 수 없었
다. 내 영혼은 이 문장들에 완전히 사로잡혔다. 너는 소설가가
되고 싶은가, 소설을 쓰고 싶은가? 소설을 쓰고 싶었다. 돈을 벌
지 못하더라도 좋으니 좋은 글을 써내는 사람이 되고 싶었다.
이렇게 결심하고 나니 마음이 평온하고 머릿속이 선명해졌다.

'진정한 재능이란 열정을 지속적으로 투입할 수 있는 능력
이다.'

그랬다. 일필휘지로 글을 써내거나 남들에게 욕먹지 않는 소설
을 써내는 것이 아니라 진정한 재능은 욕을 먹어도 계속 글을 써
내는 끈기였다. '1만 시간의 법칙'이라는 말도 있지 않은가. 나는
입을 다물고 1만 시간을 채우겠다고 결심했다.

* 컨슈머타임스, "'윤성희 '2013 이효석 문학상 수상' 작가", 2013년 11월 25일.
https://www.cstimes.com/news/articleView.html?idxno=123504

이상하고 아름다운 나의 사춘기

그토록 다부지게 결심했지만 위기는 틈만 나면 찾아왔다. 통장 잔고는 하루가 다르게 줄어들었고 공모전에서 떨어지는 건 더는 상처가 되지 못할 정도로 익숙한 일이었다. 포기할 것이냐, 아니면 조금 더 해 볼 것이냐. 매 순간 흔들렸다. 파도가 험난한 바다 위에 끊임없이 휘청거리는 작은 조각배. 그게 내 청춘의 실체였다.

'벽'이란 병이 될 정도로 어떤 대상에 빠져 사는 것. 그게 사람이 마땅히 할 일이라면 내가 문학을 하는 이유는 역시 사람답게 살기 위해서다. 그러므로 글을 쓸 때, 나는 가장 잘 산다. 힘들고 어렵고 지칠수록 마음은 점점 더 행복해진다. 새로운 소설을 시작할 때마다 '이번에는 과연 내가 어디까지 견딜 수 있을까?' 궁금해진다. 나는 세상을 살아가기에는 여러 모로 문제가 많은 인간이다. 힘든 일을 견디지 못하고 싫은 마음을 얼굴에 표시 내는 종류의 인간이다. 하지만 글을 쓸 때, 나는 한없이 견딜 수 있다. 매번 더 이상 할 수 없다고 두 손을 들 때까지 글을 쓰고 난 뒤에도 한 번 더 고쳐 본다. 나는 왜 문학을 하는가? 그때 내 존재는 가장 빛이 나기 때문이다.

영혼을 팔아 치울 정도로 괴로운 일이었다면, 그래서 견디지 못하고 그 괴로움을 다른 사람들에게 전가할 지경이었다면, 나는 문학을 하지 않았을 것이다. 나를 완전히 던지는 일을 통해 행복을 얻을 수 있는 다른 일을 찾아 나섰을 것이다. 나는 운명도, 운도 믿지 않는다. 믿는 것은 오직 내 몸과 마음의 상태일 뿐이다. 인간이란 할 수 없는 일은 할 수 없고 할 수 있는 일은 할 수 있는 존재다. 나는 완전히 소진될 때까지 글을 쓸 수 있다. 이건 내가 할 수 있는 일이다. 1968년 프랑스에서 학생운동이 극에 달했던 시절, 바리케이드 안쪽에 씌어진 여러 낙서 중에 'Ten Days of Happiness'라는 글귀가 있었다고 한다. 열흘 동안의 행복. 그 정도면 충분하다. 문학을 하는 이유로도, 살아가거나 사랑하는 이유로도.

『청춘의 문장들』, 김연수, 마음산책

홀로 이불 위에 앉아 김연수 작가의 글을 읽으며 눈물을 뚝뚝 흘렸다. 그 밤을 보내고 나는 조금 더 강해졌다. 나 자신을 더 믿기로 했다. 그냥 나아가기로 했다. 어떤 결과나 보상이 없더라도 그냥 글 쓰는 삶을 살기로 했다.

'결과가 아니라 과정이 중요한 거야.' 나는 이런 맥락의 말을 자주 일기에 썼다. 언제 도달할지 모르지만 언젠가 도달할 거라

이상하고 아름다운 나의 사춘기

면 즐겁게 가고 싶었다. 좀 더 멋지고 의연한 걸음으로 걷고 싶었다. 물론 쉽지 않았다. 결과를 떠나 그냥 글을 쓰고 살겠다고 결심했지만 주변의 시선은 여전히 차가웠고 슬럼프는 자주 찾아왔다. 그나마 글을 쓸 때는 어떤 것도 견뎠는데 슬럼프가 찾아와 글을 쓰지 못할 때는 정말 답답하고 미칠 것만 같았다.

가장 깊은 어둠을 통과해야 빛을 만날 수 있다는 말이 무슨 뜻인지 이젠 알고 있다. 수상 소식을 듣기 전 일 년이 가장 지옥같이 힘들었고, 한 단계 도약하기 직전에는 어김없이 슬럼프가 찾아왔다. 글이 잘 안 써지면 미친 듯이 책을 읽었다. 책이라도 읽어야 숨을 쉴 수 있었다. 책을 읽는 기쁨은 무엇보다 컸다. 그냥 이렇게 책만 읽고 살아도 좋을 텐데, 독서만으로 이렇게 좋은데, 나 말고도 이미 글을 쓰겠다는 사람이 이렇게 많은데, 이미 글을 잘 쓰는 작가들이 많은데, 나까지 작가가 되겠다고 난리치지 않아도 세상은 잘 돌아가는데.

가장 두려운 것이 하나 있었다. '내 글이 종이 낭비가 되면 어쩌나.' 나는 나라는 사람이 세상에 왔다 갔다는 증거를 최대한 적게 남기고 싶었다. 아르바이트를 할 때도 종이컵을 쓰는 게 싫어 개인 텀블러를 가지고 다녔고, 출력은 무조건 양면으로 했고, 이면지가 생기면 한 장도 버리지 않고 알뜰하게 쓰고 버렸다. 그런데 책 한 권이 나오려면 좋은 종이가 필요하고 종이는 나무를 훼손해야 만들 수 있다. 나는 내가 쓴 글이 멀쩡한 나무들을 훼손하는 일이 될까 봐 두려웠다.

꿈을 품고 살아가는 사람들은 벌렁 드러누워 텔레비전을 보다가도 운명 같은 문장을 만난다. 우연히 TV 속 〈생활의 달인〉을 보다가도 그랬다. 삼청동에서 조선 김밥을 만드는 달인이 나왔다. 달인은 새벽부터 나와 재료를 준비했다. 재료 하나하나에 모든 정성을 기울였다. 저렇게까지 할 필요가 있나? 그래 봤자 김밥 한 줄 아닌가? 그런 생각을 하고 있는데 문득 달인이 입을 열었다.

"힘들어야 해요. 힘들지 않으면 요리가 맛이 없어져요."

그 말이 가슴에 박혔다. 힘들어야 한다고. 그렇지 않으면 안 된다고. 뼈가 빠지게 수고로운 건 너무나 당연한 일이라는 말투. 그 말이 내 귀에는 이렇게 들렸다.

"힘들게 써야 해요. 그렇지 않으면 그 소설은 쓰레기가 됩니다."

한 편의 소설을 쓰면서 나는 충분히 정성을 기울였는가? 뼈가 빠지고 골반이 뒤틀리고 허리가 무너질 정도의 힘듦을 겪고 있는가? 조금 더 편하고 빠른 길을 찾아 매 순간 잔머리를 굴리지 않았는가? 더 붙들어야 하는 소설을 아무렇지 않게 버리지 않았는가? 괜찮다는 평가를 들은 소설만 깨작깨작 고치면서 편법을 찾지 않았는가?

소설가 지망생에게 겨울은 혹독하다. 11월은 신춘문예 준비로 정신이 없고, 12월은 발을 동동 구르며 결과를 기다린다. 일 년 동안 최선을 다했다고 생각했는데 막상 응모를 하려고 보면 마음에 드는 소설이 한 편도 없다. 포기하는 심정 반, 그래도 혹시나 하는 심정 반으로 응모를 하고 가슴을 졸인다. 대부분 크리스마스를 기점으로 결과가 통보된다. 2015년 겨울도 똑같았다. 크리스마스이브, 나는 홀로 술을 마셨다. 새우깡을 안주 삼아서.

몇 년 동안 정말 노력했다고 믿었다. 그렇지만 아무 소식도 듣지 못했다. 정말 아무 생각이 들지 않았다. 이상하게도 그랬다. 어떤 길의 끝에 서 있다는 느낌이었다. 그만둬야 할까? 노력이 부족했나? 등의 생각조차 할 수 없었다. 막막했고 먹먹했다. 그렇게 2016년을 맞이했고 1월에는 정말 아무 생각 없이 살았다. 그러다 2월에 수상 소식을 들었다. 계속된 실패에 허우적

거리느라 청소년 장편소설을 응모한 것도 까맣게 잊고 있던 찰나였다. 편집자의 전화를 받으면서도 나는 그가 전하는 내용을 알아듣지 못했다. 예전에 작은 공모전에 응모한 후 예심에 통과했다는 전화를 받은 적이 있었기에 예심 통과 소식을 전하는 전화인 줄 알았다. 시큰둥하게 전화를 받으며 어리둥절해하는 나에게 편집자는 대상 수상 소식을 전하며 축하한다는 말을 전했다.

운 좋게 상을 받고 난 후로 여러 권의 책이 나왔지만 나는 여전히 글쟁이로서 내가 부끄럽다. 초고는 여전히 부족함투성이고 새 소설에 들어가기 전에는 여전히 겁이 난다. 좋은 글을 써 내고 싶다는 열망은 늘 가득하지만 글 앞에 더 치열하지 못해 못마땅하다. 강연 일정이 많으면 글을 쓰기 어렵다. 뿐만 아니라 자잘하고 사소한 일들은 끊임없이 주의를 산만하게 한다. 내 관심과 품이 필요한 사람들을 모질게 내치지 못한다. 그 모든 것이 일상이고 일상을 떠날 수는 없기 때문이다. 일상의 '나'도 글을 쓰는 '나'만큼이나 소중하기 때문이다.

머릿속이 복잡하고 기분이 우울해지면 언제나 그랬듯이 나는 도서관이나 서점으로 향한다. 책들을 만지고 책들을 기웃거리고 살핀다. 내 마음을 알아주고 위로해 주는 문장을 만난다. 신기하게도 매번 내게 가장 필요한 문장들을 말이다. 나를 가장 괴롭히는 고민에 가장 적당한 해답을 얻는다. 어떻게 그게 매번 가능한지 나조차도 알 수 없다. 아마 영원히 알 수 없으리라.

새 소설에 들어가기 직전 나는 또다시 머뭇거리고 있었다. 내가 잘 해낼 수 있을까? 이번 소설도 또 망하는 거 아닐까? 그 순간 나는 또 고맙게도 이 문장을 만났고 큰 용기를 얻었다.

"소설 쓴 지 삼십 년이 지났는데도 여전히 힘들다."

30년 넘게 소설을 쓰신 박완서 선생님께서 하신 말씀이다.

'그렇구나. 내가 걷는 길이 그토록 힘겨운 길이구나. 쉬워지는 법도 없고 익숙해지는 법도 없는 거구나.'

그렇지만 나는 생각한다. 누구나 걸을 수 있는 길이었다면, 조금의 노력으로 노하우를 얻을 수 있었다면 이토록 매료되지 않았을 거라고. 이토록 사로잡히지 않았을지도 모른다고.

사회가 강요하는 흐름에서 잠시 벗어나 내가 어떤 사람인지 알고 싶었다. 나다운 삶이 무엇인지 여전히 모르겠지만 누구보다도 '나답게' 살고 싶었다. 무수히 많은 순간 작은 바람에도 흔들렸고 나 자신을 의심했지만 이제는 아니다. 지금의 나는 나 자신을 누구보다도 믿는다. 나답게 살 수 있는 힘이 내 안에 가

* 김연수, 『우리가 보낸 순간: 소설』, 마음산책, 2010.

득하다는 걸 알고 있다. 모두 글 덕분이다. 글을 쓰는 동안 나는 조금씩 강해졌다. 그래서 나는 글이 나를 구원했다고 생각한다. 그러니 그만 징징대고 그저 책상 앞에 앉아 오늘 써야 하는 글을 써야겠다. 단 한 줄의 문장이라도 좋으니 나다운 글을 찾아 나서야겠다.

4장

나를 튼튼하게 만드는 글쓰기의 힘

어른들에게
가장 듣기 싫었던 말

가끔 이런 질문을 받는다.

"청소년 시기에 가장 듣기 싫었던 말은 무엇인가요?", "어른들의 어떤 말이 싫었나요?"

나는 오래 고민하지 않고 대답한다. 청소년 시기뿐만 아니라 지금까지도 내가 가장 싫어하는 말들이 주르륵 떠오른다.

"튀지마. 그냥 다들 하는 대로 해. 모난 돌이 정 맞는 거야."

되돌아보면 학교라는 공간을 좋아하지 않았다. 내게는 '자유'

라는 가치관이 무척 중요했는데 학교는 자유와 거리가 먼 공간이었다. 내게 학교는 불편한 교복을 입어야 하고 원하지 않는 수업도 들어야 하는 곳이었다. 내가 학교를 다니던 시절에는 두발 단속도 심했다. 선생님이 자를 가지고 다니면서 머리카락 길이를 단속하다가 아무렇지 않게 가위로 자르는 일이 비일비재했다. 학생들에게 가해지는 선생님들의 체벌도 정도가 심했다. 중학교 때 영어 단어 테스트를 했는데 몇 개 틀렸다고 종아리를 맞은 기억이 생생히 난다.

대학생이 되자 많은 것이 자유로워졌다. 수업 시간표도 내가 원하는 대로 짤 수 있었고 쉬고 싶으면 휴학을 해도 되었다. 그렇지만 남들과 다르지 않은 삶을 살아야 한다는 분위기는 여전했다. 취직, 연봉, 연애, 결혼, 출산 등 사회가 만들어 놓은 기준은 어른이 된 나를 빽빽하게 조여 왔다.

남들이 한다고 나도 해야 하나? 꼭 다수의 길을 따라야 하나? 사회가 만들어 놓은 기준과 속도에 반드시 맞춰야 하나? 많은 사람들이 중요하게 생각하는 기준이 전부일까? 그럼 내 기준은? 내 속도는? 나의 개성은? 내가 하고 싶은 일은? 나의 존엄성은? 한 번뿐인 내 삶의 아름다움은?

사회가 만들어 놓은 기준에 휘청거리지 않기 위해 몸부림이

이상하고 아름다운 나의 사춘기

라도 치고 싶었다. 사람들이 좋다는 일 말고 내가 하고 싶은 걸 하고 싶었다. 내가 어떤 사람이고 무엇을 할 때 행복한지 알아야 했다. 그걸 알기 위해 나 자신과 많은 대화를 나누었다. 배우고 싶은 것을 배우러 다녔다. 좋아하는 사람들과 시간을 보냈다. 그러다가 한 가지 결론에 도달했다. 사람들이 중요하게 생각하는 기준이 전부는 아니라는 것, 남의 기준에 나를 맞출 필요는 없다는 것이다.

그렇게 나는 조금씩 단단해졌다. 남의 기준보다 나의 기준이 더 중요한 사람이 되었다. 남의 시선을 덜 신경 쓰면서 자유로움을 느꼈다. 분명 쉽지 않은 일이지만 남들이 '나'에 대해 이러쿵저러쿵 떠드는 말에 휩쓸리지 않았으면 좋겠다. 나 자신을 가장 잘 아는 사람은 나니까.

사람들이 중요하다고 생각하는 기준들을 골똘히 살펴본다. 돈, 성적, 외모, 나이, 연봉 등이 남을 평가하는 객관적인 기준이 될 수 있나? 만약 어떤 사람이 내세울 것이 돈, 외모, 나이밖에 없다면 그는 얼마나 불쌍한 사람인가. 얼마나 내세울 것이 없고 자신을 좋아하지 않으면, 얼마나 자기 내면 안에 쌓아 둔 게 없으면 언젠가는 사라질 것들로 떵떵거리고 남 앞에서 잘난 척을 할까.

중요하지 않은 말을 튕겨 내기 위해서 오늘부터 나와 더 깊은 대화를 나누면 어떨까. 아무 말이나 하고 아무 글이나 쓰자. 틀려도 좋고 구려도 좋으니 일단 내 생각을 솔직하게 쓰자. 고민이 있다면 그것도 쓰고 선택을 앞두고 있다면 그것도 쓰자. 내 마음이 어떤 선택을 더 원하는지 궁금해하고 면밀히 살펴보자. 내가 내린 선택이 가장 나다운 선택인지 한 번 더 생각해 보자. 직감의 힘을 이용하려면 누구보다도 나 자신을 믿어야 한다. 무조건 내가 내 편이어야 한다. 내 안에 숨겨진 엄청난 가능성의 힘을 느낄 수 있어야 한다.

이상하고 아름다운 나의 사춘기

'나'로부터
시작하는 글쓰기

    강연을 다니다가 깨달았다. 글쓰기와 창작하는 일에 관심이 있는 친구들이 아직도 많다는 것을. 글쓰기와 소설, 더 나아가 창작을 하는 사람으로 살아가는 일에 관심이 많은 친구들은 아주 구체적인 질문을 던졌다. 유난히 눈빛이 반짝이고 표정이 생생했다.

    소설이 아니어도 좋다. 글쓰기와 창작에 관심이 많은 친구들에게 꼭 해 주고 싶은 말이 하나 있다. 모든 창작의 출발은 바로 '나'라는 사실이다.

    초보 창작자를 짓누르는 질문은 한두 가지가 아닐 것이다. 무엇을 창작할 것인가. 어떻게 시작해야 할까. 실패를 줄이고 단번에 성공하려면 어떤 노하우가 필요할까.

우선 시작 지점에 관해 이야기해 보자. 초보 작가들은 '왜 써야 하는가'보다 '무엇을 쓸 것인가'라는 질문에 더 자주 짓눌리고는 한다. 세상 모든 것이 좋은 글감으로 보이다가도 막상 글쓰기를 시작하면 자신이 선택한 소재가 보잘것없어 보이는 기이한 증상에 시달린다.

이럴 때 가장 중요한 기준점은 '나 자신'이다. 내가 경험했던 일, 나를 사로잡았던 기억, 내가 매력을 느낀 인물, 나를 매혹시킨 소설이나 영화, 내 마음에 남았던 신문기사, 내가 오래전부터 꽂혀 있는 주제에서 출발해야 한다. 모든 창작자의 마음과 머리에는 아주 풍성한 글감의 바다가 있다. 다만 아직 꺼내는 법을 몰라 고스란히 간직하고 있을 뿐이다.

그렇다면 어떻게 해야 내 안의 보물을 꺼내 쓸 수 있을까? 책의 초반부부터 나왔던 문장으로 돌아가 보자. 나 자신을 알아야 한다. 나를 깊이 탐구해야 한다. 한마디로 나와 진한 데이트를 오래오래 해야 한다. 그렇게 나와 친해지다 보면 '나'와 관련된 이야기를 조금씩 꺼내 쓸 수 있다. 정말 신기한 일은 내가 기억의 보물 창고에서 글감과 이미지를 꺼내 쓰기 시작하면 더 많은 것들이 소시지처럼 줄줄이 달려 나온다는 사실이다.

나를
탐구하는 도구

나를 이해하고 탐구하는 일이 중요하다는 것을 알면서도 막상 무엇부터 시작해야 할지 모르는 사람들이 많다. 최근 OTT 플랫폼 티빙TVING에서 〈MBTI vs 사주〉라는 프로그램을 흥미롭게 봤다. MBTI와 사주 중 무엇이 더 정확하게 나의 성향과 삶을 예측하는지 궁금해하는 사람들이 많을 것이다. 이 프로그램에 참여하겠다고 신청한 사람들의 연령대를 보니 대체로 MZ세대였다. MZ세대가 자신을 이해하는 수단으로 사주와 MBTI를 신뢰한다는 느낌을 받았다. 나 또한 MBTI 열풍을 몸소 느끼고 있었다. 강연을 가면 종종 내 MBTI 혹은 소설 속 인물들의

MBTI를 묻는 질문을 받았으니까.

나는 개인적으로 사주에 더 흥미를 느낀다. 아주 기초적인 지식에 불과하지만 사주를 공부한 적도 있다. 사주에는 일간日干이라는 것이 있는데 내가 태어난 날짜로 인해 결정되는 글자이다. 사주 명리학의 기본인 오행五行은 자연을 구성하는 다섯 가지 요소를 뜻한다. 목木, 화火, 토土, 금金, 수水로 이루어져 있다. 이 중 나의 일간은 나무이다. 나무에는 양의 기운을 띠는 큰 나무와 음의 기운을 띠는 작은 나무가 있는데 나는 후자다. 어떤 사람은 이 일간이 물이고, 어떤 사람은 금이다. 만세력을 이용하면 자신의 일간이 무엇인지 쉽게 알 수 있다. 사주팔자에 해당하는 여덟 글자 중 태어난 날짜에 해당하는 일간의 기둥, 즉 일주日柱는 두 글자인데 나는 을묘일주이다. 자신에게 해당하는 일주를 검색해 보면 간략한 특징과 성향을 알 수 있다.

MBTI나 에니어그램도 좋고, 사주도 좋다. 나를 이해하려는 노력 자체가 중요하다고 생각한다. 그런데 내가 생각할 때 나를 탐구하는 가장 좋은 도구는 글쓰기이다. 가장 정확하게, 그리고 깊이 자신을 이해하고 싶다면 일기만큼 좋은 게 없다. 오랜 시간 동안 직접 경험한 것이기에 확신을 갖고 이야기할 수 있다.

지금도 나는 힘겨운 일이 생기면 일기부터 쓴다. 글을 쓰는 일은 지금 나에게 일어난 상황을 객관적으로 이해하려는 몸부

림이다. 나는 지금 어떤 상태인지, 내가 지금 느끼고 있는 감정은 무엇인지 가감 없이 솔직하게 써 내려간다. 일기를 쓰는 공간은 오로지 나를 위한 공간이다. 남들에게 끝까지 숨기고 싶은 내면의 치졸한 부분도 이 공간에 마음껏 펼쳐 둔다.

신기한 것은 내 안에 있는 불안, 우울, 걱정, 분노를 전부 글로 적고 나면 마음이 놀랍도록 가벼워진다는 점이다. 동시에 엄청난 자유로움을 느낄 수 있다. 물론 그러려면 무엇보다도 나 자신에게 정말 솔직해야 한다. 자기 마음을 투명하게 들여다보기 위해서는 생각보다 큰 용기가 필요하다. 눈 딱 감고 한 번 용기를 내면 그 다음부터는 나 자신과 솔직한 대화를 나누는 일이 한결 쉬워진다.

일기를 쓰면서 나는 나 자신을 연민하기도 했고 꾸짖기도 했다. 걱정하기도 했고 격려하기도 했다. 그렇게 모든 감정을 다 털어놓고 나면 괜찮다는 안도감이 밀려들었다. 다시 한번 최선을 다해 살아 보고 싶은 마음이 불끈 솟구쳤다.

아주 오랜 시간 일기를 쓰는 과정을 통해 나는 직감이 발달했다. 내가 어떤 사람이고 무엇을 좋아하고 어떤 순간에 성취감이나 행복을 느끼는지 잘 아는 편이다. 세상에 태어나 가장 친하게 지내야 하는 나 자신과 자주 소통하는 편이다. 나 자신과 소통이 잘되는 사람은 남과도 잘 소통할 수 있다. 나 자신을 세세히 들여다봤던 힘으로 타인을 조금씩 들여다봤고 그 덕에 나는 남을 더 잘 이해하는 사람이 되었다. 일기 덕분에 얻은 커다란 수확이다. 나 자신과 타인을 잘 이해하는 기질은 소설 속 인물을 그려 내거나 스토리를 쓸 때 엄청나게 큰 도움이 된다.

일기를 쓰는 일은 나에게 쓰는 절절한 편지이고, 거울을 보듯 나 자신에게 안부를 묻는 일이었다. 정신건강의학과 선생님과 나누는 대화였고, 나에게 보내는 격려와 뜨거운 응원가였다. 견딜 수 없이 힘겨운 상황에 처해 있다면, 자신을 도저히 좋아할 수 없어 괴롭다면, 나를 사랑할 수 없기에 그 누구도 사랑할 수 없다면 일기를 써 보라고 권하고 싶다. 한 문장이라도 좋다. 그림도 좋다. 일기를 쓰고 나 자신의 마음을 두드리는 순간 조금씩 변화가 시작될 것이다. 모든 성장과 변화는 그렇게 작은 시도에서 비롯된다.

이상하고 아름다운 나의 사춘기

나와의 대화

일기를 쓰는 일이 부담스러운 사람도 있을 것이다. 내 마음을 들여다보고 싶긴 한데 글을 쓰는 일이 정말 싫다면 어떻게 해야 할까?

하나의 문장을 완성하는 일이 어렵다면 우선 단어부터 시작하자. 오늘 하루 동안의 내 마음을 가장 잘 드러내는 단어를 딱 하나 골라 휴대폰이나 종이에 적어 본다. 두려움, 슬픔, 우울, 짜증, 분노, 지침, 즐거움, 기쁨 같은 감정에 관한 단어도 좋다. 내 마음을 드러낼 수 있는 단어는 무엇이든 써 본다. 오늘 바라본 하늘이 내 마음 같으면 '하늘'을 쓴다. 오늘 내 마음을 가장 잘 이해해 준 친구가 있다면 그 친구의 이름을 써도 된다. 내 마음이 끝을 모르고 우울하게 가라앉았다면 '가라앉는다'라고 써 본다. 그렇게 내 마음을 잘 담아 내는 단어를 고르고 메모하는 동안 나는 내 마음이 어떤 상태인지 들여다볼 수 있다.

단어를 고르고 쓰는 일조차 부담스럽다면 다른 방법을 더 찾아보자. 그림 그리는 것을 좋아하는 친구는 자기 마음을 그림으로 표현할 수 있겠다. 노래하는 것을 좋아하는 친구는 자기 마음을 가장 잘 담고 있는 노래를 불러 보면 어떨까. 운동하거나 몸을 사용하는 일을 좋아한다면 지금의 내 마음을 춤이나 동작으로 표현하면 된다. 중요한 것은 내 마음을 들여다보고 그것을 세상에 드러내는 일이다. 적극적으로 표현해 보고 기록에 남기는 일이다. 이 과정에서 자기에게 가장 잘 맞는 표현 수단을 고민하고 발견하는 일은 무척 의미 있고 소중하다.

글을 쓰는 일이 어려운 사람은 대화를 하면 된다. 부모님이랑 친하다면 부모님과 나누고, 친한 친구가 있다면 친구와 나누고, SNS로만 소통하는 사람이 있다면 SNS로 대화를 나누면 된다. 내 마음을 솔직하게 털어놓을 수 있는 상대방과 나누는 대화는 실은 나 자신과 나누는 대화이기도 하다. 우리는 종종 말을 하면서 내 안에 잠들어 있던 생각이나 감정을 발견하고 마주한다.

이상하고 아름다운 나의 사춘기

나는 종종 산책을 하면서 떠오르는 생각을 혼잣말한다. 누가 보면 이상한 사람이라고 생각할까 봐 마스크를 쓴 상태에서 그런다. 그렇게 혼자 중얼중얼 떠들다가 스스로도 깜짝 놀랄 만큼 새로운 생각이나 깨달음을 얻기도 한다. 내가 오랫동안 고민했던 문제의 답을 얻기도 하고 내 안에 숨어 있던 생각을 새로 깨닫기도 한다.

반대로 자기 전이나 멍 때릴 시간이 있을 때 나에게 중요한 문장을 주문처럼 반복해서 말하기도 한다. 켈리 최의 『웰씽킹』(다산북스)에서 알게 된 아침 확언 문장이 그것이다. '나는 오늘도 성장하고 있다', '나는 행동하는 사람이다', '나는 원하는 것을 끌어당긴다' 등의 문장을 반복해서 읊조리다 보면 긍정의 감정이 서서히 차오른다. 그 과정을 통해 나 자신에게 신뢰와 안도의 신호를 보낸다.

긴 문장을 쓰는 일이 어렵다면 편지 쓰기를 추천한다. 친한 친구와 SNS 글을 주고받는 일도 편지의 연장선이다. 편지를 쓰는 것도 힘겹고 귀찮다면 친구와 만나 수다를 떨자. 시간을 맞춰 만나기 어려운 상황이라면 통화를 하자.

만약 지금 내 마음이 위태로울 정도로 힘들다면, 절대 탈출할 수 없는 감옥에 갇힌 것 같은 느낌이 든다면 말을 해야 한다. 누구든 좋다. 내 이야기를 들어 줄 사람을 찾아야 한다. 아무도 없다면 상담센터를 찾자. 검색을 해 보면 청소년상담복지센터 등 이야기를 나눌 수 있는 곳이 나온다. 힘겨운 이야기를 마음속에 혼자 품고 있으면 독이 된다. 말하고 떠들고 흘려보내야 한다.

선택의
기로에서

아주 막연했지만 학창 시절 '글'과 '말'에 관련된 일을 하고 싶다고 생각했다. 그렇게 생각한 이유를 찬찬히 살펴보면 내가 중고등학교를 다닐 때부터 일기를 썼기 때문 같다. 자유롭게 일기를 쓰면서 나 자신과 마음껏 대화를 나누었기 때문에 내가 어떤 사람이고 어떤 것을 좋아하는지 어렴풋이 알았던 게 아닐까.

주민등록증이 나오고 학교를 졸업하면 공식적으로 학생이라는 신분에서 벗어난다. 그때부터 우리에게는 매우 중요한 선택들이 앞다투어 몰려든다. 대학에 갈 것인가? 곧바로 취업을 할 것인가? 취업을 한다면 어떤 직업을 택할 것인가? 어떤 사람을 사귈 것인가? 결혼을 할 것인가 말 것인가? 한다면 언제 할 것인가? 수많은 선택지를 두고 깊은 고민에 빠진 순간 내가 어떤 사람인지 조금이라도 아는 사람과 그렇지 않은 사람의 선택은 다를 것이다.

스스로와 대화를 나눈 사람, 그래서 자신이 무엇을 좋아하고 잘하는지 대강 아는 사람, 내면의 목소리에 귀를 기울인 경험이 있는 사람은 자기에게 좀 더 맞는 선택지를 고를 수 있다. 가장 훌륭한 선택은 다른 사람이 아니라 나 스스로에게 딱 맞는 선택이다. 나 자신을 기쁘게, 행복하게 만들 수 있는 가능성이 높은 선택일 것이다.

과거에는 좋아하는 일과 잘하는 일 중에서 좋아하는 일이 훨씬 더 중요하다고 생각했다. 그런데 『세상에서 가장 쉬운 하고 싶은 일 찾는 법』(소미미디어)이라는 책을 만나고 생각이 조금 바뀌었다. 좋아하는 일만큼이나 잘하는 일도 중요하다는 것을 깨달았다. 이 책의 저자는 좋아하는 것과 잘하는 것의 교집합을 강조한다. 계속 고민하고 두 눈을 부릅뜨고 찾으면 내가 좋아하면서 잘하고, 동시에 내 가치관에 맞는 일을 찾을 수 있다고 말한다.

내가 아무리 좋아하는 일이라도 재능이 1도 없다면 그 일을 해내기 쉽지 않을 것이다. 강연 때 자주 드는 예가 하나 있다. 키가 160cm가 안 되는 내가 모델 일을 동경하고 슈퍼모델이 되고 싶다면 어떻게 될까? 이렇게 작은 키로 모델이 되기 힘들 것이다. 하지만 모델 일과 패션을 사랑하는 내가 글을 제법 잘 쓴다면 패션 잡지 회사에서 일을 하면 된다. 모델 일과 패션을 사랑하는 내가 사람을 좋아하고 사람과 제법 잘 어울린다면 모델 에이전시 회사에서 일할 수 있다.

끝내 내가 좋아하는 일과 잘하는 일 사이에 접점을 찾지 못했다면 잘하는 일을 직업으로 삼고 좋아하는 일을 취미로 삼는 방법도 있다. 내 열정을 불태울 수 있는 취미는 삶의 활력소가 된다. 일은 인생의 중요한 부분이지만 결코 인생의 전부는 아니다. 혹은 내가 잘하는 일을 첫 번째 직업으로 삼고 좋아하는 일을 두 번째 직업으로 삼아도 된다. 나도 작가지망생 시절 부지런히 아르바이트를 해야만 했는데 그 일을 나의 첫 번째 직업이라고 생각한다. 그 아르바이트 덕분에 좋아하는 일을 놓지 않았고 좋아하는 일을 조금이라도 잘할 때까지 버틸 수 있었으니 감사하게 생각한다.

아직 내가 무엇을 좋아하는지도, 무엇을 잘하는지도 모른다면? 여유를 갖고 천천히 알아 가면 된다. 청소년 시기부터 내가 어떤 사람이고 무엇을 좋아하는지 빠삭하게 아는 사람은 많지 않다. 많은 경험을 하고 다양한 사람을 만나고 무수한 시행착오를 겪으면서 하나씩 알아가는 수밖에 없다. 그 경험 사이사이에 나 자신과 밀도 높은 대화를 나눈다면 더할 나위 없이 좋겠다.

　내가 경험한 것들을 나눌 수 있는 소중한 사람이 한 명쯤 있다면 최고! 앞에서도 말했지만 진솔하게 내 마음을 드러낼 수 있는 대화는 그 자체로 소중하다. 나 또한 솔직한 대화를 나누면서 내 마음 안에 숨겨진 것들을 알아차린 적이 많다. 더 나아가 이야기를 나눈 덕분에 어지럽고 복잡했던 생각이 정리된 경험이 여러 번이다.

이상하고 아름다운 나의 사춘기

자기 검열에서
벗어날 것

많은 사람들이 물었다.

"어떻게 하면 글을 잘 쓸 수 있나요?", "저도 소설을 한 편 쓰고 싶은데 잘 안 됩니다.", "이런 저에게 해 줄 조언이 있으신가요?" 나는 주저하지 않고 대답을 드렸다.

"글을 잘 쓰고 싶으신가요? 그 비결을 알려 드릴게요. 일단 첫 문장을 쓰세요."

첫 문장을 써야 그 다음 문장을 쓸 수 있다. 그 다음, 다음 문장이 이어져야 비로소 한 문단이 완성된다. 거지 같고 구려도 괜찮다. 일단 첫 문장을 써야 한다. 일단 시작을 해야 한다. 그래야 글을 완성할 수 있고, 초고를 완성해야 그걸 수정할 수 있다. 아무 생각 없이 썼던 첫 문장이 아무래도 찜찜하고 마음에 들지 않는다면 나중에 얼마든지 바꿀 수 있다. 그러니 일단은 무조건 첫 문장을 쓰고 봐야 한다. 그냥 저지르고 시도해 봐야 한다.

글을 쓰고 싶거나 무언가를 창작하고 싶은 사람들에게 가장 강조하고 싶은 것이 하나 있다. 바로 자기 검열을 하지 말 것! 당장 비판을 하려는 내면의 검열관에게 "입 다물어!"라고 외친 후 그냥, 편하게, 즐겁게, 무조건 시작해 보자.

나의 가장 큰 적은 나라는 말이 있다. 초보 작가 시절 그 말을 절감했다. 내 글을 가장 싫어하는 사람도 나였고, 나를 큰 절망에 빠트린 사람도 나였다. 자학은 하면 할수록 기술이 늘어나기만 했다. '또 망쳤군.', '누가 이런 걸 좋아하겠어?', '대체 지금 뭘 하고 있는 거지?'

부정적인 감정은 전염력이 강하다. 한번 시작하면 도저히 멈출 수가 없다. 이런 생각에서 한 발짝 물러서는 연습을 해야 한다. 비난과 자학이 시작되면 우선 '내가 또 이런 생각을 하고 있구나'라는 걸 알아차려야 한다. 알아차려야 멈출 수 있고 생각을 전환할 수 있다.

무엇보다도 글을 쓰는 작가가 즐거워야 독자도 그 글을 즐겁게 읽는다. 비난의 화살을 자기에게 겨냥하는 이유는 단 하나다. 이 글을 읽을 사람들을 의식하기 때문이다. 하지만 이 글의 주인은 나다. 쓰는 동안만큼은 그러하다. 이 글이 독자들에게 읽힐지 안 읽힐지 그것도 알 수 없다. 그러니 작가는 더 즐겁게, 신나게, 끌리는 대로 글을 써도 되고 그래야만 한다.

개인적으로 굉장히 좋아하는 말이 하나 있다. 줄리아 캐머런의 『아티스트 웨이, 마음의 소리를 듣는 시간』(비즈니스북스)에서 만나 반해 버린 문장이다.

어떤 평가를 받기 위해서가 아니라 내가 원하는 일을 한다는 것이 핵심임을 잊지 않는다.

'평가를 위해서가 아니라 내가 즐겁기 때문에 이 일을 한다.', '글을 쓰는 동안 자유로움을 느끼기 때문에 이 일을 한다.', '누구보다도 내가 쓰는 글을 좋아하기에 이 일을 한다.' 소설이 잘 안 풀리거나 슬럼프가 찾아왔다고 느낄 때마다 나는 이 문장들을 조용히 반복해서 읽는다.

만약 독자를 상정해야 한다면 단 한 사람을 떠올려 보자. 나의 글을 좋아해 주고 응원해 줄 오직 한 사람을 말이다. 유명한 일화가 있는데 바로 소설 『이상한 나라의 앨리스』에 관한 것이다. 이 소설은 작가가 한 소녀를 위해 쓴 것이라고 한다. 여러 사람이나 미지의 독자가 아니라 단 한 사람을 생각하며 글을 쓰면 한결 마음이 편해지고 부담감이 덜해진다. 그 단 한 사람을 위해, 그리고 나를 위해 나는 오늘도 책상 앞에 앉는다.

이상하고 아름다운 나의 사춘기

일기 말고
다른 글을 쓰고 싶다면

가벼운 글이나 에세이를 잘 쓰고 싶다면 무엇부터 해야 할까?

2021년에 서울사대부중에서 에세이 창작 수업을 진행했다. 첫 수업 시간에 내가 준비한 이야기는 딱 하나였다. 내 주변 모든 것이 글쓰기 재료라는 것!

- 우리 가족, 그리고 우리 집에서 기르는 동물

- 잘못 들은 말, 혹은 말실수

- 방금 전에 있었던 일, 주말이나 방학 동안 있었던 일

- 나의 잠버릇이나 나만의 습관

- 누군가와 이야기 나누었던 말들

- 내가 가장 좋아하는 사람, 사물, 장소, 시간, 취미

- 연애, 영화, 책, 악몽, 음식, 색깔, 계절, 자동차, 스마트폰, 게임 등

잘 쓰려는 마음을 버려야 한다. 멋진 첫 문장을 쓰려는 욕심을 탁 내려놓아야 한다. 내 주변의 어떤 일도 다 글쓰기 재료가 된다는 사실을 깨달으면 놀라운 일이 벌어진다. 매일 다양한 재료로 요리를 척척 해내는 셰프처럼 매일 글을 쓸 수 있게 된다.

두 단어를 제시한 뒤 한 문장에 넣어 연결해 보는 낱말 잇기 놀이 활동과 감정 글쓰기 활동도 진행했다. 감정에 관련된 단어를 이야기해 보고, 그 단어들 중 지금 내 감정에 가장 가까운 단어를 고르거나 그 단어들 중 가장 반대되는 감정 두 가지를 고른다. 그 후 그 단어들을 연결해 문장을 완성하는 활동이었다.

어느 정도 활동을 진행하자 몸이 풀린 친구들은 이제 문장 완성하기 활동까지 곧잘 해냈다. 이건 완성되지 않은 반쪽짜리 문장을 제시한 후 그중 마음에 드는 것을 하나 골라 나머지 문장을 채우는 활동이다. 완성된 문장을 돌아가며 발표했다. 가장 이색적이고 창의적인 문장을 완성한 친구를 투표로 뽑았다. 예

이상하고 아름다운 나의 사춘기

문은 다음과 같다.

- 아침 일찍 학교로 달려갔는데 _____
- 가장 위험한 일은 _____
- 이번에 새로 산 휴대폰을 _____
- 안경을 잃어버린 _____
- 엘리베이터를 타고 _____

이 수업을 준비하면서 내가 쓴 짧은 에세이가 있다. 너무 편하게 막 쓴 글이라 에세이라고 해도 될지 모르겠다. 어쨌든 지방에 가다가 휴게소에 잠깐 들렀는데 그때 일어난 일을 가볍게 적은 것이다.

휴게소에 잠깐 들렀다. 맥반석오징어를 사 먹기 위해서였다. 옆에서 동생이 계속 오징어를 사 먹자고 노래를 불렀다. 단양휴게소에 들렀더니 오징어는커녕 파는 음식이 거의 없다. 썰렁하기 그지없다. 다음 휴게소를 노렸다. 돌판 위에 구워지는 오징어가 보이지 않았다. 직원에게 물어보니 다행히 판단다.

달궈진 돌판에 오징어를 굽는 아주머니(직원)에게 마요네즈도 주느냐고 물었다. 직원은 고추장만 준다고, 마요네즈까지 주면 남는 게 뭐 있겠냐고 한다. 텔레비전에서 연예인이 휴게소에서 오징어를 사 먹을 때 마요네즈와 고추장을 함께 먹는 걸 봤다고 말했더니 직원의 말이 길어진다.

"이게 보기보다 원가가 비싸 남는 게 없어요. 그리고 마요네즈 먹으면 살 찌잖아요. 그래서 우리들은 마요네즈 잘 안 먹어요."

직원의 말이 계속 이어진다. 나는 그저 오징어와 함께 마요네즈를 먹을 수 있느냐고 물었을 뿐인데, 쩝.

맥반석 오징어를 사는 과정에서 직원분과 나눈 대화가 재미있어서 글로 적어 봤다. 만약 이 글을 쓰지 않았더라면 나는 한 달도 채 지나지 않아 직원분과 나눈 대화를 까먹었을 것이다. 그런데 글을 써 두니 이 경험은 기억 너머로 사라지지 않았다. 앞으로도 오랫동안 두고두고 생생히 떠오를 것이다.

내가 좋아하는 것은? 내 호기심을 자극하는 것은? 글은 거기에서부터 출발하면 된다. 라면을 좋아한다면 라면에 대한 이야기를 짧게 써 보는 건 어떨까? 우리는 언제부터 라면을 먹게 되었을지 가볍게 자료조사를 해 보는 거다. 영화나 만화를 좋아한다면 내가 좋아하는 작품에 대한 글을 짧게 써 볼 수도 있겠다.

이상하고 아름다운 나의 사춘기

에세이 수업에 참여한 친구들은 과제로 한 편의 글을 써야만 했다. 그중 가장 인상에 남은 글이 한 편 있었다.

제목: 인플레이션

나는 학원 끝나고 일주일에 한 번은 편의점에 가서 과자를 사 먹는 편이다. 달콤한 음식을 좋아해서 대부분 초코류 위주로 먹는데 가장 자주 먹는 초코과자의 가격은 1000원이어서 카드 대신 지폐를 들고 다녔다. 10월의 어느 날, 나의 루틴대로 지폐를 들고 자주 가는 편의점에 갔다. 하지만 그날따라 느낌이 안 좋았던 것은 기분 탓이 아니었다. 허, 야속하게도 그 과자의 가격표에 100원이 더 붙어 있었다! 큰 비용은 아니지만 지폐 한 장의 기쁨은 추억으로만 가져가야 했다.

문득 궁금했다. 갑자기 왜 가격이 올랐을까? 나는 집에 가서 사회시간에 배운 '물가'라는 개념을 다시 한번 복습했다. 물가는 '시장에서 거래되는 상품의 평균적인 가격'이라는 뜻이다. 이건 알겠다. 그런데 왜 10퍼센트나 올랐을까? 다시 사회책을 펼쳐보았다. 86페이지. 물가가 오르는 현상을 '인플레이션'이라 한단다. 요약하면 수요가 공급보다 많을 때

물가가 오르는 것이다. 그래, 이것도 알겠다. 그런데 왜 이런
일이 일어나는 거냐고!

_한결

놀랍게도 한결은 이 이야기를 코로나19와 재난지원금, 그리
고 통화량으로 확장한다. 한결의 짧은 에세이에는 좋은 글의 요
건이 다 담겨 있다. 우선, 글의 출발점이 '나'이다. 매일 경험하
는 일상적인 사건에서 글쓰기의 재료를 가지고 왔다. 매일 천
원을 주고 사 먹던 과자의 가격이 올랐다. 언뜻 보면 매우 작고
사소한 일이다. 그런데 그 일을 쉽게 지나치지 않고 의문을 제
기했다. 왜 올랐을까? 그 궁금증을 해소하려고 사회 시간에 배
웠던 개념을 복습하는 대견함까지 보인다. 그 개념을 생각하며
한결은 자기만의 추론을 이어 나간다. 바이러스로 인해 뒤바뀐
세상, 그리고 막대하게 쏟아부어야만 했던 재난지원금까지 생
각해 낸다.

수업 시간에 나는 한결의 글을 언급하며 칭찬했다. 지금도 한
결이 글을 쓰는지 모르겠지만 만약 이때의 경험을 계기로 글과
조금이라도 가까워졌다면 무척 기쁠 것 같다. 강연 때 종종 글
쓰기와 아이디어에 대한 이야기를 나누는데 그때마다 한결의
글을 예시로 들고 있다. 자기 또래 친구가 쓴 글이라서 그런지

내가 쓴 글을 보여 줄 때보다 훨씬 반응이 좋다.

마지막으로 문장 이야기를 해 볼까? 어떤 문장이 바른 문장일까? 올바른 문장을 쓸 자신이 없는데 막 글을 써도 되나?

처음부터 바른 문장을 쓸 필요는 없다. 오타가 나도 좋고 비문이어도 좋으니 막 쓰자. 문장은 나중에 얼마든지 고칠 수 있다. 문장을 수정하는 일에 자신이 없다면 국어선생님이나 글을 잘 쓰는 친구에게 부탁하는 것도 좋겠다. 그렇게 몇 번 문장을 수정하다 보면 금세 어떤 문장이 바르고 좋은 문장인지 체감하게 된다.

마지막으로 하나만 더. 가급적 문장은 짧게 쓰자. 문장을 길게 쓰면 꼬이기 마련이고 주어와 서술어의 호응이 어긋날 확률이 높아진다. 그러니 무조건 문장은 짧게 쓰는 게 좋다. 이것만 지켜도 문장이 확 달라질 것이다.

기다림과
믿음에 대하여

어떤 짓을 해도 나 스스로가 밉고 도무지 마음이 괜찮아지지 않을 때, 몹시 우울해 어디론가 하염없이 도망가고 싶을 때, 슬럼프가 시작돼 소설을 한 줄도 쓸 수 없을 때가 있다. 그때 나는 일기를 썼다. 지금 내가 왜 우울하고 힘든지 찡얼찡얼 다 썼다. 구리고 못나고 한없이 지질한 나를 있는 그대로 썼다. 그런 뒤 일기를 끝낼 타이밍이 오면 희망적인 내용으로 마무리했다. 믿지 않아도 그랬다. 그건 나를 위해 남겨 두는 작은 숨통이었고 일종의 의식 같은 거였다.

사는 일은 참 쉽지 않았고 지금도 그러하다. 전혀 예상하지 못했던 일들이 정신없이 몰아닥치기도 한다. 그럴 때 내가 나 자신을 더 믿어 주었더라면 어땠을까. 스스로를 믿어 주는 일은 왜 그렇게 어렵고 힘들까.

누군가가 내게 물었다. 당신이 생각하는 사랑은 무엇인가요? 사람이 사람을 사랑한다는 것은 어떤 걸까요? 나는 오랜 고민 끝에 조용히 대답했다.

"제가 생각할 때 사랑은 기다려 주는 겁니다. 그리고 믿어 주는 겁니다."

작가지망생 시절 아르바이트로 중학생들에게 독서와 논술을 가르쳤을 때 많은 아이들과 학부모들을 만났다. 학부모를 만나고 '아, 이 부모님은 자녀를 느긋하게 믿어 주고 있구나' 느끼면 그 아이는 걱정되지 않았다. 실제로 부모가 자녀를 믿어 주고 기다려 주면 그 아이는 노력하고 애썼다. 시간이 좀 걸릴지라도 반드시 성적이 올랐다.

물론 꼭 좋은 성적을 거둬야만 그 사람이 훌륭하다는 뜻은 아니다. 하지만 공부하라는 닦달 대신 자신을 기다려 주는 부모를 둔 아이들은 자기 일을 야무지게 해냈고 조금씩이라도 성적이 올랐다. 반면 부모가 참을성이 없이 결과와 성적에만 목을 매고 아이를 닦달하는 경우, 아이는 무척 불안해 보였고 여지없이 좋은 성적을 거두지 못했다.

작가지망생 시절 나에게 가장 필요한 것도 믿음이었다. 자신을 믿어 주지 못한 나는 완벽한 스승을 찾아 헤맸다. 내 소설을 한 번에 업그레이드 해 주고 내가 가진 장점을 발견해 줄 스승을 원했다. 인간적으로 단점 하나 없이 완벽하고 늘 존경할 수 있는 스승을 기다렸다. 애초에 내가 원하는 그런 스승은 존재할 수 없는 건데 그걸 미처 몰랐다.

그때 나에게 필요한 것은 스승이 아니라 자신에 대한 믿음이었다. 내가 성장할 때까지 천천히 기다려 주는 느긋함이었다. 흔들려도 된다고, 방황해도 된다고, 좀 못 써도 된다고 격려해 줄 수 있는 따뜻함이었다. 오랜 방황의 시간 끝에 나를 조금씩 믿어 주기 시작하면서 나는 달라졌다. 내 글도 그때부터 성장했다.

이렇듯 믿는다는 것은 엄청난 일이다. 중요한 일이고 내 안의 가능성을 좌지우지하는 무서운 일이다. 만약 내가 부모가 된다면 나는 자녀를 있는 그대로 사랑해 주고 무조건 기다려 줄 수 있을까? 자신 있게 말하고 싶지만 그럴 수가 없다. 나를 믿는 것만큼이나 남을 전적으로 믿어 주는 일도 쉬운 일이 아니기 때문이다.

　다만 나는 조금씩 깨달았다. 부모님에게 무조건적인 믿음과 기다림과 사랑을 받으면 좋겠지만 만약 그럴 수 없다면 나라도 나를 믿어 주고 기다려 줘야 한다. 나는 이제 나를 오롯이 믿고 기다려 준다. 우울하고 불안할 때는 일기를 쓰면서 부정적인 감정들을 공기 중으로 날려 버린다. 일기를 끝마칠 때는 마음 안에 긍정과 희망과 믿음의 씨앗만 남겨 둔다. 내 안의 가능성을 스스로 믿어 줄 때 엄청난 힘이 솟아나고, 그 힘이 놀라운 성취로 이어진다는 것을 이제는 알아 버렸다. 이 놀라운 진실을 알게 된 이상 다시는 나 자신을 믿음이 없는 세계에 방치하지 않을 것이다.

자신만의
빛깔로 빛나는

    60세가 넘은 나이에 두 다리로 국토 순례를 하는 분을 다큐
멘터리에서 본 적이 있다. 그분이야말로 청춘이라고 생각한다.
청춘은 나이의 문제가 아니다. 아무리 나이가 어려도 머리와 마
음이 딱딱하면 청춘이라고 부를 수 없다. 나이를 떠나 생생한
꿈을 품고 작은 것을 시도하는 자, 끊임없이 배움의 길에 서 있
는 자, 자신이라는 아집에서 벗어나 행동하는 자, 그들이 청춘
이다.

    살아 있는 동안 자기 손과 발로 쟁취한 것보다 영광스러

이상하고 아름다운 나의 사춘기

운 것은 없다.

『오디세이』

　아주 작은 것이라도 좋다. 내 손과 발로 얻어 낸 건 무엇보다도 소중하다. 그런 경험을 한 번이라도 해 본 사람은 절대 그 전으로 돌아갈 수 없다. 큰 꿈을 품고 이것저것 시도하는 사람만이 자신을 비롯해 사회를 바꿀 수 있다. 그들만이 우리의 희망이고 진화의 씨앗이다.

　괜찮다는 말을 해 주고 싶다. 공부를 좀 못해도, 운동을 좀 못해도, 조금 통통해도, 키가 좀 작아도, 좀 늦게 나 자신을 알아도 괜찮다. 스스로가 좀 마음에 안 들어도 괜찮고, 돈이 좀 없어도 괜찮다. 친구가 많지 않아도 괜찮고, 실패를 좀 해도 괜찮다. 괜찮다. 정말이지 다 괜찮다.

　힘들 때마다 그런 상상을 했다. 자판기 버튼을 누르면 음료수가 나오듯 누르기만 하면 괜찮다고 말해 주는 사람이 있었으면 좋겠다고. 그런 사람을 만나지 못하는 날에는 혼자 읊조렸다. 나 자신에게 말해 주었다.

　"괜찮다. 괜찮다. 괜찮다."

　몇 번이고 같은 말을 반복해 중얼거렸다.

　어쩌면 여기에 적은 글들은 전부 나 자신에게 들려주는 이야기들일지도 모르겠다. 나는 아직 마음만큼은 청춘이고, 어른이 되려면 멀었다고 생각하고, 여전히 작은 일에도 징징대고 좌절하며, 파도 앞의 작은 배처럼 매 순간 흔들리고 방황하는 사람이기 때문이다.

고통도 절망도 우울도 슬픔도 없을 수 있다면 얼마나 좋을까. 연거푸 닥친 시련으로 정신을 차릴 수 없을 만큼 아픈 시간들이 내게도 있었다. 어째서 이렇게 나만 힘들고 불행한 거냐며 지나가는 사람을 붙들고 하소연하고 싶은 절망을 겪었다. 하지만 이제는 조금 안다. 고통과 시련이 하나도 없는 인생은 없다는 것을. 고통스럽고 힘들고 어렵기 때문에 가치 있고 소중한 것도 있다는 것을. 무균실처럼 완벽하고 행복한 인생을 원했다. 그렇기에 예기치 않은 시련이 다가왔을 때 더욱 놀라고 아프고 좌절했다. 인생이라는 것이 원래 쉬운 것이 아니라는 것을, 누구에게나 그리고 언제든 시련이 닥칠 수 있다는 것을 진즉에 알았더라면 덜 아팠으려나.

슬프고만 싶은 사람은 없다. 아프고만 싶은 사람도 없다. 불행하고 싶은 사람도 없다. 누구나 기쁘고 싶다. 웃으면서 즐겁게 살고 싶고 행복하고 싶다. 그렇지만 나는 이제 좀 알 것 같다. 그 치열한 성장통 없이 성장할 수 있는 사람은 없다는 것을. 성장이 주는 기쁨과 보람은 그 어떤 것과 비교할 수 없을 정도로 커다란 만족감을 준다는 것을. 행복에 가까이 다가가기 위해서는 기꺼이 불행을 겪어 내야만 한다는 것을.

아직 여러분의 시간은 푸르다. 그리고 모든 청춘들은 아름답다. 못나면 못난 대로, 부족하면 부족한 대로, 어설프면 어설픈 대로 아름답고 찬란하다. 여러분이 자기 내면에 가득 담긴 아름다움을 발견할 수 있었으면 좋겠다. 각자 자신만의 빛깔로 빛나기를 간절히 바란다.

참
고
자
료

김연수, 『소설가의 일』, 문학동네, 2014

김연수, 『우리가 보낸 순간: 소설』, 마음산책, 2010

김연수, 『청춘의 문장들』, 마음산책, 2022

김지수, 이어령, 『이어령의 마지막 수업』, 열림원, 2023

김형태, 『너, 외롭구나』, 예담, 2016

박지원, 이민수 옮김, 『허생전』, 범우사, 2014

서은국, 『행복의 기원』, 21세기북스, 2024

서현숙, 『소년을 읽다』, 사계절, 2021

송인섭, 『와일드』, 다산에듀, 2020

야기 짐페이, 장혜영 옮김, 『세상에서 가장 쉬운 하고 싶은 일 찾는 법』,
        소미미디어, 2022

정여울, 『그때 알았더라면 좋았을 것들』, 21세기북스, 2020

줄리아 카메론, 이상원 옮김, 『아티스트 웨이, 마음의 소리를 듣는 시간』,
        비즈니스북스, 2022

켈리 최, 『웰씽킹』, 다산북스, 2021

탁경은, 『사랑에 빠질 때 나누는 말들』, 사계절, 2019

탁경은, 『싸이퍼』, 사계절, 2016

하워드 가드너, 문용린, 유경재 옮김, 『다중 지능』, 웅진지식하우스, 2007

홍기훈, 『GPT 사피엔스』, 21세기북스, 2023

이상하고 아름다운 나의 사춘기

이상하고
아름다운
나의 사춘기

ⓒ 탁경은, 2025

초판 1쇄 인쇄일 | 2025년 04월 21일
초판 1쇄 발행일 | 2025년 04월 30일

지은이 | 탁경은
펴낸이 | 사태희
편   집 | 정미리 · 책임편집 | 박선규
디자인 | 김경미
마케팅 | 장민영
제   작 | 이승욱 이대성

펴낸곳 | (주)특별한서재
출판등록 | 제2018-000085호
주 소 | 08505 서울특별시 금천구 가산디지털2로 101 한라원앤원타워 B동 1503호
전 화 | 02-3273-7878
팩 스 | 0505-832-0042
e-mail | info@specialbooks.co.kr
ISBN | 979-11-6703-163-1 (43810)

잘못된 책은 교환해 드립니다.
저자와의 협의하에 인지는 붙이지 않습니다.
저작권법에 의하여 보호를 받는 저작물이므로 무단 전재와 복제를 금합니다.